스페셜 원

가장 특별한 감독

스페셜 원: 가장 특별한 감독 11

스틸펜 장편소설

초판 1쇄 찍은 날 § 2020년 7월 13일
초판 1쇄 펴낸 날 § 2020년 7월 20일

지은이 § 스틸펜
펴낸이 § 서경석

총괄팀장 § 노종아
편집책임 § 박현성
디자인 § 소소연

펴낸곳 § 도서출판 청어람
등록번호 § 제387-1999-000006호
등록일자 § 1999. 5. 31
어람번호 § 제1-3066호

주소 § 경기도 부천시 부일로 483번길 40 서경B/D 3F (우) 14640
전화 § 032-656-4452 팩스 § 032-656-4453
http://www.chungeoram.com
E-mail § chungeorambook@daum.net

ISBN 979-11-04-92214-5 04810
ISBN 979-11-04-92074-5 (세트)

스페셜 원

가장 특별한 감독

11

[완결]

스틸펜 장편소설

FUSION FANTASTIC STORY

청람

스페셜 원

가장 특별한 감독

CONTENTS

65 ROUND

유로 2036

6월 9일.

유로 2036의 개막식이 열리는 오늘.

축구의 성지라 불리는 웸블리는 사람들로 가득 차 있었다.
곧 있을 개막식을 보기 위해서였다.

―매우 떨리는 날입니다! 바로 오늘! 유럽의 축구 대회이지만,
전 세계가 주목하는 축제가 열리니까요!

―저 역시 기대가 큽니다.

중계진들의 목소리에서 기뻐하는 감정이 느껴졌다.

유로.

세계인의 축제인 월드컵을 제외한다면, 그 위상이 가장 높은 국가 대항전.

더군다나 유럽이 남미의 월드컵 우승 횟수를 넘어설 때부터 수준적인 면에선 유로가 낫다는 의견이 나오기도 했다. 물론 어느 몰상식한 사람들은 선을 넘으며 논란을 일으켰지만 말이다.

"흠."

원지석은 가장 좋은 자리에서 그걸 지켜보았다. 터치라인보다 더 좋은 곳은 없을 테니까. 슬슬 시작되려는 건지, 그 한가운데 설치된 거대한 홀로그램이 나타났다.

10!

9!

홀로그램의 숫자가 바뀌기 시작하자 관중들이 입을 모아 카운트다운을 시작했다.

"세상 참 좋아졌어."

"뭘 새삼스레."

옆에 있던 케빈의 말에 원지석이 쓰게 웃었다.

2036년. 기술의 발전이란 놀라워서, 한정적인 상황에서만 쓰이던 홀로그램을 이제는 꽤 큰 규모로 즐기고 있었다.

'따라가지 못하는 건 나일지도.'

주머니 위에 손을 대자 스마트폰의 얇은 감촉이 느껴졌다. 그를 포함해 적지 않은 사람들이 스마트폰을 쓰지만, 시대에 뒤처진 물건이란 건 변하지 않는다. 그럼에도 딱히 바꾸고 싶단 생각은 들지 않았다.

'익숙함에서 오는 안정감인 건지, 아니면 단순히 시대에 따라 가지 못하는 사람이 된 건지.'

후자라면 감독으로서 두려운 이야기였다. 단순히 전자제품만이 아닌, 그런 감독들이 많았기 때문이다.

한때 세계적인 명성을 날렸지만, 시대가 요구하는 변화를 따라가지 못하며 도태된 감독들이.

그랬기에 은퇴를 할 때까지 최고의 모습을 보여준 퍼거슨이 전설적인 감독으로 추앙받는 거였고.

'나도 언젠가는……'

그런 생각을 하는 사이 개막식이 시작되었다. 화려한 불빛과 함께 사람들이 등장했고, 무대 위에 선 그들은 홀로그램과 조화를 이루며 악기를 연주하기 시작했다.

축구 종가.

잉글랜드의 강한 자부심을 상징하는 요소들이 피어나고 있었다.

─정말 아름다워요.

─옛 전설들의 모습이 홀로그램을 통해 비쳐지는군요.

순간 홀로그램이 사람의 모습으로 바뀌며 웸블리를 가득 채웠다.

지금으로선 다소 낯선 이들과.

몇 번의 중흥기를 이끌었던 시대의 얼굴들.

그리고 비교적 최근까지 활약한 앤디와 제임스까지.

모두 삼 사자 군단을 대표했던 전설들이다.

"야, 너네 나온다."

"부끄럽게."

"흠, 역시 원본보단 못하네."

"앤디가 아니라 네가 그런 말을 하는 거냐……."

벤치에 있던 당사자들은 서로 장난을 치며 웃었다. 홀로그램의 진지한 표정과는 사뭇 다른 모습이었다. 앤디는 그때나 지금이나 감탄이 나올 정도로 잘생겼고, 킴은 무표정했으며, 제임스는 특유의 자신만만한 미소가 있었다.

"저 다음으로 너희 얼굴을 새기자고."

원지석이 대기 중인 선수들에게 소리쳤다. 긴장된 얼굴로 굳어 있던 선수들은 그런 분위기에 작게 웃으며 긴장을 풀었다.

마침내 모든 공연이 끝나고.

무대가 정리되는 사이.

중계진은 곧 있을 경기에 대한 가벼운 설명을 보냈다.

―유로 2036의 첫 경기입니다. A조의 잉글랜드와 체코가 맞붙으며, 경기 전에 잠깐 A조에 대한 설명을 하도록 하죠.

유로 2036에 참가한 나라는 총 24팀이며, A조부터 F조까지 6개의 조로 나뉜다. 다음 라운드에 진출할 수 있는 건 상위 두 팀뿐. 개최국인 잉글랜드는 A조에 속했다.

잉글랜드.

체코.

포르투갈.

오스트리아.

이렇게 네 나라로 묶인 A조는 잉글랜드와 포르투갈의 우세로 점쳐졌다. 물론 최근 체코의 퍼포먼스가 심상치 않아 만만히 볼 수는 없는 상황.

─체코 역시 예선에서 당당히 1위를 차지한 팀이니까요.

─그렇죠. 팀으로서 다져온 경험이 다릅니다.

그때 체코의 벤치에서 한 남자가 잉글랜드의 벤치를 향해 다가왔다. 그는 체코의 감독이었다.

"당신과 맞대결을 하는 날이 오다니, 영광입니다."

"뭘요."

원지석이 쓴웃음을 지으며 눈앞의 남자를 보았다.

토마스 로시츠키.

한때 체코를 대표했던 미드필더.

현역 시절 아스날에서 전성기를 구가했던 그는, 스승인 벵거의 영향을 짙게 받은 감독이었다.

─로시츠키 감독은 지난 3년간 팀에 자신의 색을 입히는 데 성공했고, 특유의 점유율 축구를 보이며 좋은 평가를 받았습니다.

―최근에는 친정 팀인 아스날과 링크가 되고 있죠?

사람들은 체코의 조직력을 변수로 꼽았다. 팀 개편에 성공한 잉글랜드라지만, 몇 년 동안 쌓인 경험의 차이는 무시할 수 없기 때문이다.

그렇게.

두 나라의 선수들이 자리를 잡았다.

그라운드는 금방 있었던 개막식이 거짓말인 것처럼 조용했다. 선수, 관객들 모두 곧 있을 휘슬을 기다리며 숨을 죽였다.

잉글랜드의 주장은 리암이었다. 왜 라이언이 주장이 아닌 부주장이냐고 묻는 사람도 있겠지만, 자기 할 일을 해내는 것과 동료들을 이끄는 건 조금 다르다. 라이언은 리더십과는 거리가 있는 녀석이었다.

"리암 정도면 괜찮지."

리암의 멘탈적인 능력에 대해선 그 괴팍한 케빈마저 높은 평가를 할 정도였다.

동료를 배려할 줄 알고, 마냥 무른 것도 아니라 나름대로 강단도 있다.

특히 전술적인 이해도가 뛰어났기에 주장으로서 이보다 더 믿음직한 녀석은 없었다.

'라이언은 지휘관보단 천부적인 병사니까.'

감독의 명령이라면 녀석은 어떤 의문도 달지 않고 따를 것이다.

원지석은 라이언을 바라보았다.

오랜만에 서는 웸블리의 기분을 만끽하는 것인지, 잠시 눈을 감은 녀석이 크게 숨을 들이쉬었다.

"후우!"

이 느낌이다.

스프링클러의 물을 맞고 촉촉해진 잔디. 묘하게 습한 풀 냄새가 코끝을 간질였다.

동시에 몸을 짓누르는 거대한 중압감이 느껴졌다. 세포 하나가 깨어나듯 발끝부터 머리끝까지 찌릿찌릿한 전기가 타고 흘렀다.

그동안 잊고 있었던, 그리운 느낌이었다.

'돌아왔다.'

라이언은 확신했다.

고향에 돌아왔다는 걸.

삐익!

돌아온 노병을 반겨주듯, 휘슬 소리가 높이 울렸다.

오늘 잉글랜드는 442의 포메이션을 준비했다.

왼쪽에는 라이언, 중앙에는 존 모건과 리버풀 소속의 센터백이, 오른쪽에는 윌킨스가 섰다.

중앙은 리암이 중심을 잡았으며.

최전방에는 제프와 이안이 투톱을 이루었다.

─체코의 선공입니다. 바로 공격을 시도하진 않는군요.

─동료들이 자리를 잡을 시간을 기다리고 있어요.

그걸 가만히 지켜볼 잉글랜드가 아니었다. 그들은 재빠르게 움직이며 공간 압박을 시도했고, 공을 가지고 있는 선수에게 달려들었다.

'차분하네.'

터치라인에 선 원지석의 눈이 이채를 띠었다. 빠르게 조여오는 압박에도 체코 선수들은 당황하지 않았다. 오히려 동료들과 함께 적극적으로 공격을 풀어가는 모습에선 그만큼 준비를 잘해 왔다는 게 느껴질 정도였다.

그 순간.

체코가 직접적인 공격을 시도했다.

"그쪽 막아! 빨리!"

선수들의 위치를 잡아준 리암이 빈자리를 커버하며 공간을 내주지 않았다. 매우 좋은 수비 전환이었다.

그럼에도 체코를 완전히 막진 못했는데, 이는 결국 위협적인 상황으로 이어졌다.

─페널티에어리어를 향해 달려가는군요! 슈우웃!
─존 모건을 맞고 튕기는 슈팅! 아직 공은 체코의 소유입니다!

후우!

아찔했던 상황에 웸블리에 모인 잉글랜드인들이 가슴을 쓸어내렸다.

하지만 아직 안심할 수는 없었는데, 이후에도 체코는 계속해서 위협적인 상황을 만들며 잉글랜드의 골문을 위협했기 때문이다.

　─역시 체코군요. 동유럽 최강 팀이라는 말이 아깝지 않은 퍼포먼스입니다.

　─네. 그래도 잉글랜드가 생각보다 더 고전하는 느낌이죠? 원지석 감독의 표정 역시… 아, 웃고 있네요?

　─팀이 밀리고 있는 상황인데 웃고 있어요!

　카메라에 잡힌 원지석은 묘한 미소를 머금고 있었다. 앞으로 벌어질 일을 예상한 것처럼, 아니, 확신하는 것에 가까웠다. 그건 덫을 놓은 사냥꾼의 미소였다.

　한순간.

　한순간이면 된다.

　물론 그 한순간을 만드는 건 쉽지 않았다. 체코는 좀처럼 주도권을 내주지 않았고, 계속해서 수비를 위협했다. 하지만 때는 분명히 오고 있었다.

　'뭐지?'

　무언가 이상하다는 걸 처음 깨달은 사람은 로시츠키였다. 이유 모를 찝찝함에 목 언저리를 만져보니 식은땀으로 축축한 게 아닌가. 왜? 분명 경기를 리드하는 것은 그들일 텐데.

　"아."

　위화감의 정체를 깨달은 로시츠키가 눈을 크게 떴다.

　제대로 풀리지 않는 공격에 어느덧 많은 체코의 선수들이 공격에 가담하는 중이었고.

그가 심혈을 기울인 조직력은 엉성하게 흐트러져 있었다.

동시에 원지석이 작게 미소 지었다.

지금이다.

"가자."

작은 읊조림을 듣진 못했겠지만.

잉글랜드의 역습이 시작되었다.

시작은 존 모건이었다. 눈을 번뜩인 그는 체코의 공격수에게서 공을 빼앗았고, 곧바로 중앙으로 보냈다.

"리암!"

"좋아요!"

그 패스를 받은 리암이 엄지를 들고선 곧장 측면으로 패스를 뿌렸다. 조금 거리가 있었기에 까딱하면 아웃 될 상황이었지만, 그런 걱정을 할 필요는 없었다.

공을 받는 사람이 사람이었으니까.

"우워어어!"

누군가는 처음 듣고, 누군가는 오랜만에 듣는 우렁찬 소리.

돌아온 라이언이 공을 향해 달리고 있었다.

"온다! 오는데, 다 어디 간 거야?!"

공격에 가담하던 체코의 미드필더가 경악하며 소리쳤다. 뒤에서 역습을 커버해 줘야 할 수비형미드필더까지 슬금슬금 하프라인을 넘어신 것이다.

―라이언! 돌아온 글래디에이터가 측면을 질주합니다!

―전성기만큼은 아니라지만, 그래도 **빨라요!**

결국 체코는 측면을 열어주는 대신 후열을 재정비했다.

그러면서도 카드를 감수한 거친 태클을 시도했지만, 라이언은 자기 갈 길을 갈 뿐이었다.

"미친, 괴물!"

"라이언의 앞을 막지 마라!"

몸싸움에서 상대가 되지 않자 유니폼을 잡았음에도, 우습게도 라이언에게 질질 끌려가는 우스꽝스러운 장면이 연출되고 말았다. 휘슬을 불까 고민하던 심판 역시 이내 헛웃음을 지으며 라이언을 끝까지 지켜보았다.

이윽고.

쾅!

라이언이 강력한 롱패스를 올렸다.

예전처럼 부정확한 박격포가 아니었다. 비록 포신은 낡았다지만, 대신 영점이 잡힌 박격포였다.

―하지만 꽤 강한 패스군요! 받기 힘든 공입니다! 그래도 어? 어어어!

―제프으으!

다행스럽게도 잉글랜드엔 이런 공을 받는 게 특기인 녀석이 있었다.

노팅엄의 살인 쥐.

원지석이 키운 암살자가 체코의 후열을 쑤셨다.

'왔어.'

제프가 운석처럼 떨어지는 크로스를 흘끔 바라보았다. 매우 강한 힘이 실린 만큼, 굳이 강한 슈팅을 때릴 필요는 없었다.

살짝, 아주 살짝 방향만 바꾸어주면 된다.

바로 이렇게.

툭.

안쪽 발로 툭 건드린 공이 그대로 골문 안쪽으로 흘러갔다. 골키퍼가 뒤늦게 몸을 던졌음에도, 슈팅을 막기에는 역부족이었다.

─고, 고오오올! 골입니다 고오올! 단 한 번의 역습을 그대로 꽂아버리는 잉글랜드!

─정말 그림 같은 역습이군요!

유로 2036의 첫 경기.

그 개막전.

첫 골의 주인공은 제프였다.

*   *   *

확실히 체코 특유의 점유율을 기반한 조직력은 위협적이었다. 어지간한 대응법으로는 상대하기 힘들 정도로. 그렇기에 원지석은 차라리 점유율을 내주는 방법을 택했다.

빠르고, 간결하고, 정확하게.

그가 준비한 대응법이다.

"말처럼 쉬운 방법은 아니지."

원지석은 골을 넣고 어쩔 줄 모르는 제프를 바라보며 중얼거렸다.

간단한 만큼, 단 한 번의 실수도 없어야만 한다. 그런 점에서 방금 있었던 역습은 완벽에 가까웠다.

"체코 새끼들, 아직까지 넋이 나가 있네."

"얼빵하긴."

케빈이 재미있다는 듯 킬킬거렸다.

그 옆에 앉은 제임스 역시 이를 드러내며 웃었고.

앤디와 킴만이 짜게 식은 눈으로 그런 둘을 볼 뿐이었다.

"그래도 이게 통하네요."

얼떨떨해하는 킴을 보며 원지석이 당연하다는 듯 고개를 끄덕였다.

"통하도록 만들었거든."

"정말, 말은 쉽지."

킴의 쓴웃음에 어깨를 으쓱인 그가 고개를 돌렸다. 선수들을 격려하는 로시츠키의 모습이 보였다.

'생각보다 침착하군.'

그들도 바보가 아닌 이상 두 번 당하진 않을 거다. 원지석은 이어 제프를 바라보았다. 선제골을 넣은 녀석은 동료들의 손에 머리가 헝클어지고 있었다.

어찌 보면 강등권에서 구른 경험이 빛을 본 경우였다. 수비적인 노팅엄의 전술상, 오늘 같은 킥 앤 러시 전술이 더욱 익숙할 테니까.

"리암!"

"네!"

관중들의 함성 속에서도 귀를 쫑긋거린 리암이 고개를 돌렸다. 용케 그 소리를 들은 모양이었다.

터치라인까지 녀석을 부른 원지석은 손으로 입가를 가린 채 속삭였다.

"체코 녀석들 표정 보이지? 이제부터 제프만 죽어라 마크할 거야. 그대로 마크하게 두고, 네가 위로 올라가서 이안의 뒤를 받쳐줘."

"알겠어요."

"좀 더 느슨하게 가자."

자물쇠를 풀어도 된다는 허락이 떨어졌다.

마침 제프의 셀레브레이션도 끝나는 중이었기에 새로운 지시를 전하는 건 어렵지 않았다. 잉글랜드 선수들은 모두 고개를 끄덕이며 자리로 돌아갔다.

─경기가 다시 시작되었습니다.

─잉글랜드의 골로 차이가 벌어졌지만, 체코로서도 조급할 필

요는 없어요.

─네. 아직 남은 시간은 많으니까요.

조금 전과는 다르게 확연히 조심스러워진 체코였다. 간을 보고 있다는 게 맞겠지. 그들은 잉글랜드가 어떤 변화를 줄지 지켜보았다.

계속 수비적으로 있을까?

실점을 만회하려면 바로 나서야 하는 게 아닐까?

'머리 굴리는 소리가 여기까지 들린다.'

그런 생각이 뻔히 보였기에 원지석은 웃었다.

신나게 공격을 퍼붓다가 단 한 번의 역습으로 실점을 허용했으니, 마음속에서 심리적인 부담감이 생긴 것이다.

잉글랜드는 자물쇠를 풀었지만, 체코에겐 최소한의 족쇄가 채워진 셈.

이 기회를 이용하지 않을 수 없다.

─윌킨스! 빠르게 전진하는 윌킨스!

─속력만 따지자면 라이언보다 빠르군요!

윌킨스는 프리미어리그에서도 가장 빠른 축에 속했다. 뉴캐슬의 스피드 스타란 별명이 괜히 붙은 게 아니었으니까. 전성기의 라이언이 가로막는 걸 파괴하는 전차였다면, 녀석은 총알이다.

"당황하지 마! 길목을 차단해!"

로시츠키의 대처는 재빨랐고, 그에 따른 체코의 변화 역시 늦지 않았다.

체코는 윌킨스를 직접 쫓기보다는 길목을 차단하며 공간을 압박했다. 역시 윌킨스에 대한 준비를 사전에 한 모양이었다.

"후욱!"

자신의 앞을 막아서는 두 명의 선수를 보며 윌킨스가 숨을 크게 들이쉬었다.

그의 본능이 꿈틀거렸다.

장점이자 단점인 공격 본능이.

좋게 말하면 공격력이 뛰어난 풀백이고, 나쁘게 말하자면 돌아오지 않는 풀백. 때로는 그 공격 본능을 주체하지 못하며 뇌가 없다는 소릴 들을 정도였지만.

이번만큼은 마음껏 뛰라는 감독의 허가가 떨어졌다.

퉁!

공을 길게 찬 윌킨스가 속력을 올렸다.

"쯧."

"우습게 보였나."

부나방처럼 정면 돌파를 시도하는 윌킨스를 보며 체코 선수들이 혀를 찼다.

빠르긴 하다만, 눈앞의 녀석이 라이언도 아닌데 겁먹을 필요는 없다. 한 명이 압박하고, 다른 한 명이 공을 쫓아간다면 그리 어렵지 않게 막을 수 있을 터.

그게 생각보다 어렵다는 건.

월킨스가 한 번 더 속력을 높였을 때였다.

—한 번 더! 한 번 더 기어를 올리는 월킨스!

압박하기 위해 움직이던 체코 선수들이 눈을 크게 떴다. 순
간적으로 빨라진 월킨스의 속도가 상상 이상이었기 때문이다.
그래도 길목을 차단했으니 녀석의 질주는 여기까지였다.

"길이 없진 않지!"

—아!

그 순간.

라인을 타고 달리던 월킨스가 공을 길게 차고선, 몸은 라인
밖으로 빠졌다.

라인 안쪽에서 기다리고 있던 체코 선수들이 닭 쫓던 개가
된 순간이었다.

"미친! 야, 막아!"

"잡아보셔."

비웃음을 남긴 월킨스가 다시 그라운드로 들어왔다. 때마침
그는 감독들이 서 있는 터치라인을 가로지르고 있었는데, 그중
에서도 로시츠키와 눈이 마주쳤다.

'깜짝 놀란 얼굴이군.'

자신의 플레이로 상대 팀 감독을 놀라게 만드는 건 퍽 즐거

운 일이었다. 이래서 공격 본능을 억누를 수 없는 걸지도.

"한눈팔지 마!"

'이크.'

그때 벼락같은 불호령이 떨어졌다.

원지석의 날카로운 시선에 윌킨스는 황급히 고개를 돌렸다.

그가 뉴캐슬과 달리 삼 사자 군단에선 정신을 놓지 않는 데에는 감독의 몫이 컸다. 대체 어떻게 아는 건지, 잠깐 가출하려는 순간마다 원지석이 정신 줄을 잡아주었으니까.

그게 좋았다.

프리미어리거 중에서 그러지 않을 사람이 얼마나 되겠냐만, 윌킨스는 원지석을 매우 존경하는 선수 중 하나였다.

현대 축구사에서 가장 위대한 감독.

그런 사람이 자신을 선택했고, 자신을 관리해 준다.

잉글랜드 선수로서는 최고의 영광이었다.

'결국 결과가 말해주니까.'

신기한 기분이었다. 뉴캐슬의 반쪽짜리 풀백이 삼 사자 군단에선 제 몫을 해낸다니, 스스로가 놀라웠다.

누군가는 그 차이에 대해 우스갯소리로 애국자라고 말하지만, 그런 단순한 것으로 치부하는 것은 감독과 코치진들을 무시하는 일이다.

그들이 어떤 노력을 했는지 알기에 더더욱 그랬다.

─공을 잡았어요!

―정말이지 엄청 **빠르군요!**

멀리 보냈던 공을 다시 가져가기까지는 그리 오래 걸리지 않았다. 입가에 미소를 머금은 그는 그대로 체코의 페널티에어리어를 향해 뛰었다.

*   *   *

―고오올! 경기에 쐐기를 박는 윌킨스의 골!
―이 골은 치명적입니다!

치열했던 경기도 어느덧 막바지를 향해 달리고 있었다.
시간은 83분.
오늘 매우 좋은 모습을 보여준 윌킨스가 마침내 쐐기를 박으며 스코어는 2 : 0으로 벌어졌다.
잉글랜드의 양 풀백은 매우 공격적이었다. 원지석은 두 명의 공격적인 풀백을 마음껏 풀어두었으며, 그 빈자리를 미드필더들로 채웠다.
리암은 원지석의 지시대로 최전방에 꾸준한 가담을 해주었다. 그럴 때는 4312에 가까운 포메이션으로 바뀌었는데, 여기에 윌킨스까지 가담하니 체코로서는 정신을 차리기 힘들 지경이었다.

―체코가 자랑하는 조직력이, 전혀 보이질 않군요.

―네. 로시츠키 감독이 제대로 말렸어요.

"후우!"
한숨을 쉰 로시츠키가 고개를 저었다.
어쩌다 이렇게 됐지.
분명 준비는 완벽했고, 실제 경기에서도 나쁘지 않은 퍼포먼스를 보였다.
'그런데 지고 있다니… 끔찍한 거짓말 같군.'
눈살을 찌푸린 로시츠키가 잉글랜드의 벤치를 바라보았다. 그 시선을 느꼈는지, 마주 고개를 돌린 원지석이 장난스럽게 한쪽 눈을 찡그렸다.
차이를 만든 건 감독일까.
인정하기 싫지만, 그는 한 사람의 손아귀에서 놀아나고 있던 모양이었다. 특히 제프에 관한 심리전에서 제대로 말리고 말았다.
'쥐를 잡으려다 역으로 몰렸어.'
첫 실점 이후 체코는 제프에게 강한 압박을 걸었다. 또 같은 실점을 허용할 수는 없었기 때문이다.
그리고 잉글랜드는, 아니, 원지석은 제프를 내버려 두었다. 고립되게 두었다는 게 더 맞은 표현일지도 몰랐다.
이게 참 문제였다.
제프를 풀어두자니 뒤가 가렵고, 그렇다고 계속 묶어두기엔 효율이 떨어진다. 무엇보다 잉글랜드의 공격이 딱히 무뎌진 건 아니었으니까. 리암의 헌신적인 활동량은 공격진의 부담을 꽤 줄여주었다.

로시츠키 역시 변화를 꾀했지만, 생각만큼 신통치는 않았다.

그 결과가 이거였다.

삐이익!

경기 종료를 알리는 휘슬이 울리자 로시츠키가 고개를 저었다.

"좋은 경기였습니다."

"후우, 좋은 경기였습니다."

원지석과 악수를 하면서도 로시츠키의 얼굴은 밝지 못했다. 이윽고 감정을 전환하려는 듯 고개를 저은 그가 말을 이었다.

"언젠가 프리미어리그에서 만날 수 있을까요?"

무슨 뜻인지는 어렵지 않았다.

언론에서 예측한 아스날과의 링크, 그 대답이나 마찬가지였기에.

"아……."

다만 원지석은 말꼬리를 흐렸다.

아직 클럽 감독직에 복귀할 마음이 없는 건지.

아니면 다른 뜻을 포함한 건지 모를 끝맺음이었다.

"그때는 꼭 복수하도록 하죠."

몸을 돌리고선 떠나는 로시츠키의 뒷모습을 보며 원지석은 입가를 쓸어내렸다. 글쎄. 세상일은 모르는 거였다.

"감독님!"

그때 자신을 부르는 소리에 원지석이 눈을 끔뻑였다.

저 멀리서 리암이 이리로 오라는 듯 손짓을 하고 있었다.

피식 웃은 그가 선수들을 다독이며 팬들에게 인사를 시켰다. 아직까지 자리를 떠나지 않은 관중들은 그런 선수들에게 박수를 보냈다.

그중 가장 반응이 좋았던 건 리암과 윌킨스였다.

윌킨스야 오늘 매우 좋은 활약을 펼쳤다 쳐도, 리암은 잉글랜드에서 매우 호감으로 여겨지는 녀석이었다.

삼 사자 군단의 주장으로 임명됐을 때에도 크게 논란이 일지 않은 건, 국민들의 지지가 그만큼 컸기 때문이다.

"첫 단추는 잘 끼웠네요."

"그러게."

원지석의 말에 케빈이 고개를 끄덕였다.

A조의 변수인 체코를 상대로 이렇게나 경기를 잘 풀어갈 줄은 몰랐다. 특히 체코가 완전히 말렸을 땐 가히 두들겨 팬 것에 가까웠으니.

물론 나머지 팀들과의 대결이 쉽다는 소리가 아니다. 포르투갈과 오스트리아 역시 우습게 볼 수는 없는 팀이었다.

"먼저 갈게요."

어찌 되었든 첫 경기가 끝났다.

그제야 안도의 한숨을 쉰 원지석이 몸을 돌렸다. 긴장이 풀어지니 피로가 쏟아졌다. 칼칼한 목을 한 번 쓰다듬은 그는 널브러진 음료 박스에서 물병을 하나 꺼내 갈증을 채웠다.

이윽고 터널에 들어간 원지석의 걸음이 멈칫했다.

그 앞에.

누군가가 있었다.

익숙한 얼굴이었고, 여기서 마주할 줄은 몰랐던 얼굴이었기에 원지석이 떨떠름한 얼굴로 입을 열었다.

"…오늘은 A조 경기만 있을 텐데?"

"친구를 응원하러 온 거죠."

"친구요? 저랑 당신이?"

"너무하시네. 아무리 저라도 상처는 받습니다."

쓴웃음을 지으며 모습을 드러낸 그는 무언가를 만지작거리고 있었다. 그건 동전이었다.

오르텐시오 베나벤티.

원지석의 가장 큰 라이벌로 불리는 남자.

그가 동전을 내밀며 물었다.

"간만에 어때요?"

"사양하죠."

"뭐, 저도 운에 맡기는 건 그만뒀으니까요."

어깨를 으쓱인 오르텐시오가 동전을 주머니에 넣었다. 그러면서 반갑다는 얼굴로 이것저것을 떠드는데, 원지석은 골이 아파오는 걸 느꼈다.

이 양반 역시 국가대표 감독으로서 유로에 참가한 사람이었다.

조국인 이탈리아의 지휘봉을 잡았으며, 그의 팀은 이번 대회에서 유력한 우승 후보로 꼽혔다.

"그래서 겸사겸사 탐색도 하러 온 거니까요."

"네……."

다만 오르텐시오 특유의 거리감이 없는 방식은 영 적응이 가질 않았다. 밖에 나가서 케빈이라도 불러와야 하나, 그런 생각을 하던 차에.

갑자기 오르텐시오를 저 멀리 밀어버리는 녀석이 있었다.

"꺼져."

"어이쿠."

오르텐시오는 과장된 반응과 함께 몸을 비켰다. 두 사람의 시간을 가지라는 표정이 굉장히 짜증 났지만, 원지석은 고개를 돌릴 수가 없었다.

눈앞에 있는 녀석이.

잡아먹을 것처럼 이쪽을 보고 있었으니까.

"오랜만이구나."

녀석은 대답하지 않았다. 그저 살벌한 눈으로 원지석을 노려보았을 뿐. 너를 죽이겠다는 살기와, 너를 이기겠다는 도전 의식으로 가득한 눈이었다.

"벨미르."

벨미르 노바코비치.

한때 원지석이 가장 신용했던 미드필더이자, 동독의 왕으로 불렸던 라이프치히의 영원한 주장.

그가 지금.

보스니아의 감독으로서 눈앞에 섰다.

*　　　　　*　　　　　*

현역 시절엔 동독의 왕으로 불리며 엄청난 존재감을 뽐냈던 벨미르가, 감독으로 데뷔한 건 그리 오래되지 않았다.

은퇴 이후 친정 팀인 라이프치히에서 코치로 일하던 녀석은.

곧 조국의 부름을 받고 보스니아의 지휘봉을 잡는다.

그게 1년 하고도 반년 전의 일이었다.

처음엔 우려 섞인 시선이 벨미르에게 쏟아졌다. 당연한 게, 선수라면 몰라도 감독으로선 제대로 된 경력조차 없었으니까. 자연스레 녀석의 능력을 의심하고, 불안정한 전망을 쏟아내는 사람들이 생겼다.

누군가는 보스니아 축구의 퇴보라 칭할 정도였지만.

그 예상을 깨고.

벨미르는 조국을 런던까지 이끄는 데 성공한다.

「[골닷컴] 보스니아의 마지막 폭군」

폭군.

잉글랜드 언론이 녀석에게 붙여준 별명. 그 별명처럼 벨미르는 강한 지도력을 발휘하며 팀을 통솔했다.

그렇다.

지금 원지석의 눈앞에 있는 벨미르는, 한 명의 감독으로서 이곳에 선 것이다.

'내 목표는 하나야. 보스니아의 우승? 아니, 그런 거 말고.'

보스니아의 감독이 유로에 참가하며 밝힌 포부.

목적은 뚜렷하다.

'잉글랜드를, 삼 사자 군단을 박살 내는 것.'

그 건방진 인터뷰를 떠올린 원지석이 쓴웃음을 지었다. 그는 자신을 박살 내겠다고 선언한 폭군을 바라보았다.

녀석은 그때와 별반 다른 점이 없었다.

짧게 깎은 금발 머리, 앳된 인상과는 달리 그 날카로운 눈매는 위압감을 풍긴다. 그 시절과 다른 점이 있다면 매섭기만 하던 눈이 한층 더 깊어졌다는 점일까.

벨미르 역시 많은 경험을 쌓은 베테랑이었다.

"그래서, 너도 내 응원을 하러 온 거냐?"

"흥, 누가?"

아무래도 오르텐시오처럼 살가운 마음은 없는 모양이었다.

아니, 녀석은 적대적인 감정을 숨기지 않았다.

"배신자."

"설마 아직도……?"

"엿 먹어. 그런 거 아니니까."

멀찍이 떨어진 오르텐시오는 둘의 대화를 이해하지 못하겠다는 듯 고개를 갸웃거렸다. 둘의 사이는 돈독한 걸로 유명했는데, 배신이라니 처음 듣는 소리였다.

다만 무언가 있기는 있었는지.

원지석이 쓰게 웃으며 입가를 쓸어내리고 있었다.

'호오.'

원지석을 일생의 라이벌로 여기는 오르텐시오였기에 그게 어떤 의미인지는 잘 알고 있다. 한때는 그 행동거지를 분석하기도 했으니.

그가 입가를 쓸어내린다는 건 뜻대로 풀리지 않거나, 당황했다는 뜻이다.

어쩌면 심리전에서 우위를 차지할 열쇠가 아닐까. 오르텐시오는 아름다운 여성을 발견했을 때처럼 눈을 빛냈다.

"내 인터뷰는 봤겠지?"

"봤지."

어깨를 으쓱인 원지석이 녀석의 이마에 손을 뻗었다. 그 시절처럼, 이마라도 밀어줄까 싶었지만.

그때와는 다르게.

눈썹을 꿈틀거린 벨미르가 차갑게 손을 쳐냈다.

"아직도 내가 그때의 애송이로 보여?"

"그럼."

"이 시발……."

무심하게 고개를 끄덕이는 원지석을 보며 벨미르가 볼을 씰룩였다. 딱히 긴장한 모습을 바란 건 아니지만, 이래선 자존심만 구겨지지 않는가.

그는 더 휘말리기 전에 자신의 목적을 꺼냈다.

쭉 펴진 손가락이 원지석을 가리켰다.

"본선에서 기다릴 거니까, 이런 데서 떨어지면 내가 용납 못해."

"녀석."

당돌한 선전포고에 원지석이 웃었다.

잠깐이지만, 그 시절처럼 흉흉함이 느껴지는 미소가.

"남 걱정하지 말고, 너나 잘해."

지켜볼 테니까.

오늘은 답을 받은 걸로 만족했는지 벨미르는 순순히 몸을 돌렸다. 그대로 떠나는 뒷모습을 보며 오르텐시오가 좋은 걸 봤다는 듯 원지석의 어깨를 두드렸다.

"청춘이군요."

"청춘은요. 철이 덜 들었을 뿐이지."

"그래서 무슨 일이 있었나요?"

"말하기는 좀 그렇네요. 조금 개인적인 일이라."

집요하게 파고들 생각은 없었는지 오르텐시오가 고개를 끄덕였다. 아무렴 어떤가. 다만 한 가지 인정할 수 없는 게 있었는데, 원지석을 쓰러뜨릴 건 바로 자신이었다.

"여기서 떨어지지 않으면 싶은 건 저 역시 마찬가지입니다. 참고로, 이탈리아는 강하니까요."

그렇게 말하고선 오르텐시오가 한쪽 눈을 찡그리자 원지석의 얼굴이 굳었다.

그러는 사이 터널을 향해 들어오는 사람들이 있었다. 그중에는 케빈도 있었는데, 케빈과 눈이 마주친 오르텐시오는 이제 갈 때가 되었다며 마지막 말을 남겼다.

"이탈리아와의 경기도 기대해 주세요!"

"네, 그러죠."

오르텐시오가 저 멀리 사라졌을 즈음, 자리를 바꾸듯 도착한 케빈이 얼굴을 구기며 물었다.

"저 호로새끼가 여긴 무슨 일이래? 또 어떤 여자랑 잤다고 자랑하든?"

"하하, 그런 건 아니고요."

안경을 고쳐 쓴 원지석이 퍽 밝은 목소리로 말을 이었다.

"이번 유로, 생각보다 더 재미있겠네요"

유로 2036.

그 첫날이 지났다.

*　　　　*　　　　*

「[BBC] 체코의 돌풍을 잠재운 잉글랜드!」

「[스카이스포츠] 로시츠키, 남은 경기에서 반드시 승리하겠다」

유로의 개막식이 성황리에 열렸다.

개최국인 잉글랜드와 동유럽 최강이라 불리는 체코의 대결은 많은 관심을 받았으며, 결과적으로 적지 않은 이슈를 만든 모양이었다.

패장인 로시츠키는 인터뷰를 통해 본선 진출에 대한 의욕을 불태웠다.

다음 경기가 최약체로 꼽히는 오스트리아였기에, 분위기를 반등시킬 기회로는 충분했기 때문이다.

그리고.

이런 대회는 스타를 낳는 법.

「[스카이스포츠] 뉴캐슬의 불완전한 풀백에서, 이제는 삼 사자 군단의 스피드 스타로!」

체코와의 경기에서 눈부신 활약을 펼친 월킨스는 경기 최우수선수로 선정되었고, 이후 꽤 큰 화제가 된 모양이었다.

사실 이렇게까지 할 줄 몰랐다는 게 맞았다.

여태 삼 사자 군단의 이슈를 차지한 건 이안과 제프였다. 이번 시즌 큰 화제를 만들었던 둘이었으니 당연하기도 했지만, 수비 쪽은 돌아온 라이언을 제외한다면 이렇다 할 이야기가 없었다.

그런 상황에 아무도 기대하지 않았던 월킨스가 큰 활약을 펼쳤다.

뉴캐슬의 월킨스가 다리만 빠른 풀백이라면, 국가대표 유니폼을 입은 월킨스는 전혀 다른 선수에 가까웠다.

"멋진 복귀전을 치른 라이언도 그렇고, 월킨스 역시 뛰어난 활약을 보여줬습니다."

경기 후 인터뷰를 가진 원지석은 두 명의 풀백을 칭찬했다.

그 말처럼, 까다로울 것으로 예상한 경기가 생각보다 싱거웠던 건 두 풀백의 퍼포먼스기 컸다.

"한편 뉴 스탬포드 브릿지에선 포르투갈이 오스트리아를 상대로 승리를 거두었습니다. 이로써 다음 경기가 더욱 중요할 텐데, 어떻게 생각하세요?"

한 기자의 질문에 원지석이 어깨를 으쓱였다.

A조의 또 다른 대결에선 포르투갈이 오스트리아를 무난하게 꺾었다.

포르투갈 역시 유럽의 강호 중 하나였고, A조에서 1위를 차지하기 위해선 그런 포르투갈을 꺾어야 하는 상황.

"글쎄요. 어려운 상대지만 이겨야죠. 잉글랜드를 포함해, 모든 팀들이 그러기 위해서 이 대회에 있으니까요."

차라리 포르투갈을 직접 2위로 밀어버리는 것도 나쁘지 않겠지.

그 말에 기자들이 웃음을 터뜨렸다.

시간이 지나며 원지석의 스타일 역시 바뀌었지만, 이런 자신감은 여전하다. 그게 관록과 합쳐진 지금은 특유의 매력이 되었다.

팬들도, 기자들로서도 사랑하지 않을 수가 없는 감독이었다.

"그래요, 일단은."

무언가 떠올랐는지.

잠시 볼을 긁적인 그가 말을 끝맺었다.

"염탐이나 해두죠."

내일이면 C조인 이탈리아의 경기가 있었다.

＊　　　　＊　　　　＊

유로의 모든 경기가 웸블리에서 열리진 않는다. 공간과 시간적인 여건상 더 많은 경기장이 필요했고, 리버풀의 안필드는 그런 경기장 중 하나였다.

오늘.

이곳에서 이탈리아와 스위스의 경기가 열린다.

"사람 많네."

경기장에 들어선 원지석이 자리를 가득 채운 사람들을 보며 중얼거렸다. 안필드는 크게 세 부류로 나뉘어져 있었다. 이탈리아의 팬들, 스위스의 팬들, 그리고 잉글랜드 사람들을 비롯한 중립 팬들까지.

함께 온 케빈은 수염을 긁적이며 만족스럽다는 듯 웃었다.

"재미있지. 평소엔 그렇게나 싸우던 놈들이."

"누구요?"

"저기, 저 이탈리아 놈들."

케빈이 이탈리아 팬들을 가리켰다. 확실히 틀린 말은 아닌게, 이탈리아는 유럽 내에서도 지역감정이 가장 심한 곳 중 하나였다.

그런 그들이 드물게도 싸우지 않을 때가 있는데, 바로 국가 대표 경기가 있을 때다.

지금만큼은 북부와 남부가 아닌.

하나의 이탈리아로서 뭉친 것이다.

축구계에 종사하는 사람으로선 감상에 젖을 광경이 아닐까.

"그런데요."

색다른 감회에 빠지려던 순간, 쥐새끼가 기어가는 것처럼 안절부절못하는 목소리가 들렸다.

제프였다.

"제가 왜 여기 있나요?"

녀석이 우울한 목소리로 물었다.

슬쩍 주위를 둘러보니 이른바 원지석 사단이라 불리는 스태프들이 보였다.

선수는 그 하나뿐.

그 점이 이 자리를 더욱 부담스럽게 만들었다.

'꿈인가?'

제프가 본인의 볼을 꼬집었다. 따끔한 통증이 느껴졌다.

분명 오늘은 숙소에서 푹 쉴 생각이었는데, 갑작스러운 케빈의 난입에 물거품이 되어버리고 말았다. 더군다나 안필드에 도착한 지금까지 그 이유를 듣지 못했기에 혼란이 극에 달한 상황.

"케빈, 아무 설명도 안 했어요?"

"응."

"아니, 그걸, 하아……."

그제야 상황을 이해한 원지석이 한숨을 쉬었다. 어쩐지 너무 긴장하고 있다 싶었더니, 납치에 가까웠던 동행인 것이다.

"미안하구나. 일단 내가 부른 거긴 한데, 아무 이유 없이 부른 건 아니야."

케빈의 옆구리를 강하게 찌른 원지석이 내색하지 않으며 말을 이었다.

"네가 봐줬으면 하는 경기니까. 영상 기술이 아무리 발전해도, 직접 눈으로 보는 것과 차이가 있거든."

"보다니, 뭐를……?"

와아아!

그때 관중들의 함성이 안필드를 쩌렁쩌렁 울렸다.

양 팀의 선수들이 그라운드에 입장하고 있었다.

스위스의 감독과 이탈리아의 감독인 오르텐시오가 악수를 하는 모습이 보였다. 케빈은 못 볼 걸 봤다는 듯 혀를 찼지만.

C조 같은 경우는 처음부터 조별 1위를 노리는 팀들이 맞붙었다 할 수 있었다. 까다로운 상대를 이기기 위해, 그들은 최선을 다해 싸울 터.

경기가 시작되었다.

"잘 봐둬."

팔짱을 낀 원지석이 가라앉은 눈으로 이탈리아의 진영을 바라보았다.

언뜻 보면 자유로운 배치 같지만, 사실 그렇지 않다는 걸 누구보다 잘 알았다.

"네가 뚫어야 할 방패니까."

카테나치오.

현 감독인 오르텐시오가 시대에 맞게 재해석하며 다시금 부활한, 이탈리아 특유의 수비 전술.

이탈리아의 방패는 현 국가대표팀 중에서 가장 단단하다는 평가를 받고 있다.

그리고 최후방에서 그런 수비 라인을 지휘하는 녀석이 있었다.

—적절한 커팅! 바로 패스를 올립니다!
—아주 정확하군요!

페널티에어리어에서 길게 찬 공이 하프라인을 넘으며 측면의 윙어에게 정확히 배달되었다. 녀석은 이후에도 아주 좋은 패스를 뿌리며 팀에 창조성과 유동성을 불어넣었는데, 스타들이 즐비한 이탈리아에서도 굉장히 눈에 띌 정도였다.

등번호 21번.

프란체스코 오스틴.

현 유벤투스 선수이며, 본래 미드필더 출신인 만큼 장거리 패스와 플레이 메이킹에 능했다.

원지석이 첼시 감독 시절에도 눈여겨 살폈고, 오죽했으면 첼시를 떠나면서도 프란체스코를 영입해야 한다고 조언했을까.

물론 그 조언은 받아들여지지 않았다.

리암이 잉글랜드 모두에게 지지를 받는 녀석이라면, 프란체스코는 저주를 받는 쪽이었으니까.

삼 사자 군단의 배신자.

조국을 배신한 수비수.

그건 프란체스코에게 새겨진 주홍 글씨였다.

*　　　*　　　*

배신자.

축구계에서 그리 드문 표현은 아니다. 보통 충성심이 없는 선수에게 붙었으며, 때로는 유다 혹은 돈에 미친 새끼란 말이 덧붙여지기도 했다.

여기까지는 단순히 프로선수로서의 문제지만.

국적과 관련되면 일이 조금 복잡해진다.

이탈리아의 핏줄이 섞인 프란체스코 오스틴은 잉글랜드에서 태어나 잉글랜드에서 축구를 배웠고, 어릴 때부터 두각을 드러냈다. 청소년대표팀의 주장까지 맡으며 범국민적인 기대를 모으기도 했다.

'어머니의 땅으로 돌아간다.'

하지만 충격적인 선언과 함께 이탈리아행을 선택한다.

이는 여러모로 논란이 되었는데, 당시 소속 팀과의 재계약을 거절하고 이탈리아로 떠났기 때문이다.

그전까지 이 나라와 클럽을 사랑한다는 인터뷰를 했던 프란체스코였기에 잉글랜드가 느낀 배신감은 상상 이상으로 컸다.

더욱이 배가 아픈 건, 이후 프란체스코가 기량을 만개했다는 것 때문일지도 몰랐다.

이 어린 유다는 유벤투스의 핵심으로 자리 잡으며 국가대표팀에서까지 승승장구하게 되었으니까.

그리고 지금.

프란체스코는 명실상부 세계 최고의 수비수 중 하나였다.

"네가 상대할 녀석이기도 하지."

원지석의 말에 제프가 꿀꺽 침을 삼켰다.

비록 지금은 속한 조가 다르지만, 계속해서 위로 올라간다면 언젠가는 맞붙을 팀이었다. 그렇게 생각하니 이 자리가 가시방석처럼 따끔거렸다.

'할 수 있을까?'

경기를 지켜보던 제프가 아랫입술을 깨물었다.

프란체스코는 최후방에 있음에도 최전방까지 큰 영향을 끼치고 있었다. 아직 어리다 할 수 있는 선수의 지시에도 동료들은 군말 없이 따른다. 그를 믿기 때문이다.

영향력.

직접 보지 않으면 느끼기 힘든 그것.

왜 원지석이 이곳에 자신을 데려왔는지 알 것 같았다. 영상 자료를 백번 돌려보는 것보다 직접 보고 느끼라는 거겠지.

―주심이 파울을 선언하는군요.

―페널티에어리어 근처에서 프리킥을 얻어낸 이탈리아. 슈팅을 노려보는 것도 나쁘지 않을 위치입니다.

―키커로는… 프란체스코가 서는군요. 참 다재다능해요.

화면에 등번호 21번이 잡혔다. 소속 팀에서나 국가대표팀에서나 고집하는 번호였고, 어찌 보면 이탈리아행에 지대한 영향을 끼친 부분이기도 했다.

그도 그럴 게.

프란체스코 오스틴은 자타가 공인하는 피를로의 광팬이었으니까. 이탈리아의 전설적인 미드필더인 그 안드레아 피를로 말이다. 이는 어머니의 영향이 컸다.

그의 어머니는 아이가 축구공을 만질 때부터 피를로의 영상을 보여주었고, 그중에서 가장 많이 본 게 이탈리아 국가대표 팀의 경기였다.

21번.

다름 아닌, 피를로가 대표 팀에서 사용한 번호.

이러한 사실은 프란체스코나 그의 어머니가 인터뷰를 통해 여러 차례 밝혔던 점이었다.

그렇기에 사람들은 이탈리아행의 배경에는 우상이 뛰었던 클럽, 번호, 나라가 있다고 판단했다.

'뭐, 진짜 이유는 본인만이 알겠지만.'

원지석은 프리킥을 준비하는 프란체스코를 바라보았다.

만약 저 녀석이 잉글랜드를 떠나지 않았다면 어떻게 됐을까. 특별히 문제가 없는 이상은 뽑았겠지. 그러면 더 이상의 수비 걱정은 없었을 텐데.

잉글랜드인이 아닌 그로서는 딱 거기까지였다.

분노도, 배신감도 느껴지지 않는다.

그렇다고 해서 아쉬움을 느끼는 것도 아니었고.

문득 삼 사자 군단의 김독은 잉글랜드인이 되어야 한다는 의견이 머릿속을 스쳤다. 그들의 말에는 이런 점도 포함되어 있지 않았을까.

'웃기는 소리지.'

코웃음을 친 원지석이 안경을 고쳐 썼다.

그게 하나의 요소가 될 수는 있어도, 목적이 되어서는 안 된다.

생각을 정리할 즈음, 때마침 프란체스코가 프리킥을 차기 위해 달렸다. 골문 구석을 노린 슈팅이 부드럽게 휘는 게 보였다.

—고오올! 골입니다! 골!

—직접 마무리까지 짓는 프란체스코 오스틴!

부드럽지만 치명적인 슛이었다.

프리킥을 성공시킨 프란체스코가 펄쩍 뛰며 동료들과 셀레브레이션을 즐겼다. 이탈리아의 감독인 오르텐시오 역시 웃으며 박수를 보냈다. 전광판에 그 반짝이는 미소가 잡히자 케빈이 눈살을 찌푸렸다.

"퉤."

"아오, 더럽게스리."

침을 뱉은 케빈에게 눈총을 준 킴이 한숨을 쉬었다.

솔직히 말하자면 막막했기 때문이다.

수비적으로도, 경기를 풀어가는 플레이 메이킹 능력도, 심지어 마무리를 짓는 능력마저 뛰어나다.

쉽게 말하자면.

프란체스코 오스틴은 사기적인 선수였다.

'저걸 뚫을 수 있을까.'

킴은 그답지 않은 생각을 품었다. 선수였을 때라면 승부욕을 불태웠겠지만, 코치로서는 다르다. 승부욕만으로 모든 게 해결되지는 않으니까. 감독을 준비하는 그로서는 더욱 민감한 문제이기도 했다.

―공을 몰고 전진하는 스위스.

―이탈리아의 수비벽이 두터워요!

선제골을 허용한 스위스는 좀 더 공격적으로 나서며 이탈리아의 골문을 노렸다.

하지만 이중 삼중으로 세워진 그들의 수비진은 좀처럼 열리지 않았다.

통곡의 벽.

오르텐시오가 재해석하고, 프란체스코가 구현한 카테나치오는 좀처럼 열리지 않는 통곡의 벽에 가까웠다.

"후우."

그리고 제프의 눈 밑은 거멓게 죽어가고 있었다.

아무래도 상상만으로 압박을 느끼고 있는 모양이었다.

"인마! 어깨 펴. 아직 확실하지도 않은데 뭘 쫄아?"

"그, 그렇죠. 아직 모르는 거니까."

케빈의 말에 제프가 한숨을 쉬었다. 맞다. 예선을 통과해도 본선에서 이탈리아를 만나지 않으면 될 일 아닌가.

그럴 일은 없겠지만, 다른 팀에게 패배한다면 더욱 좋았고.

거렇게 죽었던 눈 밑이 다시 돌아오는 걸 보며 케빈이 재미있다는 듯 웃음을 터뜨렸다.

다만.

그런 제프의 생각과는 달리 원지석은 확신하고 있었다.

'반드시 만난다.'

본능적으로 느껴졌다. 그게 16강이든, 결승에서든 반드시 이탈리아와 부딪치게 될 거라고.

＊   ＊   ＊

「[BBC] 이탈리아의 방패, 스위스를 뭉개다!」

「[스카이스포츠] 한 골 차이로 승리를 거둔 이탈리아!」

경기는 이탈리아의 승리로 끝났다.

스코어는 1 : 0으로, 정말 그 골이 승부를 가른 것이다.

누군가는 극단적인 수비 전술에 불만을 토했지만, 원지석은 오르텐시오를 칭찬하고 싶었다. 확실히 그는 터널에서 했던 말처럼 뛰어난 팀을 만들었다.

"그리고 오늘은."

차에서 내린 원지석이 경기장을 올려다보았다.

에미레이츠 스타디움. 아스날의 홈구장인 이곳에서 F조의 경기가 열린다. 그리고 그로선 가능하면 직접 보고 싶은 경기였다.

보스니아와 웨일스.

벨미르가 감독으로 서는 경기를 말이다.

"살다 보니 이런 날도 다 오는군."

원지석은 보스니아 팬들이 걸치고 있는 물건들을 보며 웃었다. 그들은 벨미르의 얼굴이 프린트된 물건을 가지고 있었다. 불안했던 보스니아를 런던까지 이끌었으니, 그 인기가 상당한 모양이었다.

"사람 더럽게 많네."

"웨일스 사람들이야 가까우니까."

제임스의 말에 앤디가 어깨를 으쓱였다.

함께하는 스태프들이야 늘 같았다. 케빈을 비롯한 코치 팀, 그리고 스카우트 팀.

저번처럼 제프가 함께하지 않은 게 달랐다면 달랐지만.

"흐음."

"아까부터 왜 그래?"

"아니, 얼마나 잘하는지 보려고."

뭐가 그리 불만인지 꽁해 있던 제임스가 퉁명스럽게 대답했다. 그 이유를 어렵지 않게 짐작한 앤디가 한심하단 눈빛을 보냈음에도 녀석은 아랑곳하지 않았다.

사실 이건 제임스가 현역 시절부터 묘하게 신경 쓰던 문제와 이어져 있었다.

원지석의 아이들과 농독의 왕.

선수 시절부터 은퇴한 지금까지 비교되었던 그 주제.

보통은 전자의 손을 들어주지만, 경우에 따라선 후자에게 손을 들어주는 경우가 있었기에 축구 팬들의 영원한 떡밥 중 하나였다. 묘하게 그걸 신경 쓰고 있던 제임스로서는 자존심이 상한 모양이었고.

"아직도 그때 일로 꽁한 거냐?"

"흥. 누가요."

그리고 무엇보다.

제임스는 벨미르에게 당한 희생자 중 하나였다. 트래시 토크 말이다.

현역 시절 챔피언스리그에서 라이프치히와 부딪친 적이 있었는데, 그때 벨미르에게 멘탈이 찢겼던 제임스였다.

아이러니한 일이었다. 원지석의 충고로 트래시 토크를 봉인했지만, 원지석의 첼시를 꺾기 위해 다시 헛바닥을 놀리다니.

물론 효과는 매우 뛰어나서 당시 제임스는 아무것도 하지 못했다.

이 자존심덩어리로선 적잖은 충격이 된 모양이었다.

"아무튼, 들어가자."

티격태격하는 녀석들을 보며 한숨을 쉰 원지석이 발걸음을 옮겼다.

자리에 앉고, 얼마 기다리지 않아 그라운드에 들어서는 선수들이 보였다.

"눈빛 한번 살벌하네."

보스니아 선수들을 본 원지석이 중얼거렸다. 대체 애들을 어떻게 관리한 건지, 눈에 독기가 가득했다. 축구선수보다는 차라리 군인에 가깝지 않을까?

"다 죽여!"

터치라인에 선 벨미르의 외침에 원지석이 피식 웃음을 터뜨렸다. 다만 제임스를 비롯한 녀석들은 무언가 기시감을 느끼며 고개를 갸웃거릴 뿐이었다.

"음?"

"뭔가……."

"왜 그래?"

"아니, 아무것도 아니에요."

원지석의 물음에 긴가민가하던 녀석들이 고개를 저었다. 착각이라 치부한 그들은 다시 경기에 집중했다.

"웨일스는 전형적인 4231이네."

"보스니아는 433이고요."

보스니아의 전술은 굉장히 낯익은 모양새였다.

다름 아닌 원지석이 라이프치히 시절에 쓰던 압박식 433이었으니까.

다만 그때만큼 모든 선수가 뛰어나진 않았기에, 벨미르는 압박에 특화한 방식으로 전술을 가다 듬었다.

'그럽네.'

원지석은 라이프치히에 있었던 때를 떠올렸다.

젊고 패기 넘치던 그 시절은 좋은 기억으로 남았다.

그리고.

벨미르와 했던 내기마저도.

'내기 하나 합시다!'

자신을 찾아와 불쑥 꺼냈던 그 말.

'이번 시즌은 당신 말을 따르겠지만, 만약 그 결과가 만족스럽지 않을 경우엔 다시 내 맘대로 한다는 걸로!'

녀석이 자서전을 통해 밝힌 이 내기는 축구계에서 굉장히 유명한 내기가 되었다.

미친놈이라 불렸던 벨미르나, 미친개라 불렸던 원지석이나. 그들이 당시 어떤 선수와 어떤 감독인지 잘 보여주는 일화였으니까.

'배신자.'

그리고 터널에서 자신을 노려보던 그 눈빛이 떠올랐다. 녀석의 분노를 모르는 게 아니다. 왜 화가 났는지 또한 잘 알고 있었다.

그건 그가 라이프치히를 떠났을 때의 일이었다.

'언젠가 다시 만나자고.'

떠나기 전, 선수들과 했던 약속.

물론 그 약속은 지켜지지 않았다.

원지석은 라이프치히로 돌아가지 않았고, 벨미르는 라이프치히를 떠나지 않았으니까.

"야, 이 개새끼들아!"

그때 우렁찬 욕설에 상념에서 깨어난 원지석이 눈을 끔뻑였다. 순간적인 실수가 있었던지 벨미르가 선수들에게 욕설을 내뱉고 있었다.

결국 보스니아는 강한 압박으로 웨일스의 공격을 커버하는

데 성공했다. 그런데도 아직 화가 풀리지 않은 듯, 씩씩거리던 벨미르가 화풀이를 하듯 물병을 걷어찼다.

깡!

저 멀리 떨어지는 물병이 부끄러운지 브레노가 손으로 얼굴을 덮었다.

보스니아의 수석 코치로서 일하는 그는 최근 탈모가 오는 걸 느꼈기에 차마 머리를 쥐어뜯진 못했다.

"아!"

그리고.

앤디가 크게 소리치며 고개를 돌렸다.

원지석은 왜 자기를 보냐는 듯 눈살을 찌푸렸고.

단순히 앤디만이 아니라, 다른 녀석들도 그를 보고 있었기 때문이다.

"왜 이쪽을 봐?"

"…글쎄요."

이제야 기시감의 정체를 깨달은 앤디가 볼을 붉적이며 시선을 회피했다.

어디선가 낯이 익다 했더니.

감독 벨미르는 날카롭고. 흉폭하다.

다르게 말하자면, 녀석은 그 시절의 원지석을 닮은 것이다.

66 ROUND
마지막 폭군

폭군.

녀석에게 붙여진 이 별명은 많은 걸 함축했다.

시간이 지날수록 구단의 시스템은 세분화가 이루어졌고, 감독에게 주어진 권한은 점점 줄어만 갔다.

한 명의 헤드 코치가 절대적인 영향력을 끼친 것도 이제는 옛말이 된 것이다.

예외가 있다면 원지석 정도겠지.

오랫동안 첼시에서 헌신하고, 수많은 업적을 쌓은 그는 구단의 전설적인 감독이 되었다.

보드진마저 감히 어찌할 수 없는 그런 감독.

그게 원지석이었다.

다만 그런 그도 본인의 방식만을 고집하지 않았는데, 그라운 드의 마스티프라 불리며 흉명을 떨치던 시절의 방식은 버린 지 오래였다.

그렇기에 벨미르는 매우 이질적인 감독이었다.

시대를 역행한 듯한 이야깃거리는 녀석의 캐릭터로선 퍽 어울렸지만, 시대적으로 본다면 매우 유별나다.

그래서 사람들은 그에 어울리는 수식어를 붙여주었다.

마지막 폭군.

마지막이란 수식어가 붙은 폭군. 그게 벨미르였다.

"나랑 닮았다고? 에이, 설마."

원지석은 저 벨미르와 자신이 닮았다는 말에 손사래를 쳤다. 저런 미친놈이랑 엮였다는 게 불쾌한 모양이었다.

"크흠."

"하하……."

다른 사람들은 그렇게 생각하지 않는 듯싶었지만.

유소년 때부터 함께한 킴은 헛기침을, 앤디는 쓴웃음을 지으며 대답을 회피했다.

그런 와중에 겁이 없는 건지, 고개를 갸웃거린 제임스가 입을 열었다.

"기억 안 나요? 유소년 감독 때 쓰레기통 걷어찬 거. 요즘 그랬으면 난리 났을걸요."

"신싸 말하네, 미친놈."

옆에 있던 케빈이 큰 웃음을 터뜨렸다.

무언가 반박하려던 원지석은 이내 끙 앓는 소리를 내며 입을 다물었다. 사실이었기 때문이다.

'그땐 그랬지.'

무명의 동양인 코치.

지금도 그렇지만 당시엔 더더욱 드물었던 존재.

당시 그는 낯선 이방인에 지나지 않았다.

그랬기에 말 안 듣는 슈퍼스타들과 투덕거리는 일이 잦았고, 라커 룸에 배치되었던 철제 쓰레기통은 여기저기 찌그러져 미친개라 불렸던 그 시절을 기억했다.

뭐, 지금은 첼시 박물관에 박제되었지만 말이다.

쓸데없이 고급스럽게 전시된 쓰레기통을 떠올린 원지석이 다시 한번 앓는 소리를 냈다.

이제는 나름의 관광 포인트가 된 것인지, 몇 번이고 치워달라 부탁했음에도 들어주지 않을 정도였다.

'몰래 버리든가 해야지.'

울적한 생각을 털어낸 그가 고개를 끄덕였다. 제임스의 말을 인정한다는 끄덕임이었다.

"흠흠."

흔치 않은 인정에 제임스의 콧대가 하늘을 찌르듯 높아졌다. 항상 갈굼만 받던 녀석으로선 간만에 먹인 한 방이었다.

"우리가 착해서 다행이었죠?"

"너만 빼고 말이다."

"좀, 그냥 칭찬해 주는 법이 없네."

쉽사리 넘어오지 않는 원지석을 보며 제임스가 입술을 삐죽 내밀었다. 철이 들지 않은 그 모습과는 별개로, 녀석의 말이 딱히 틀린 건 아니었다.

확실히.

그 시절처럼 선수들을 강하게 관리하는 리더십은 거의 사라졌다 볼 수 있었으니까.

만약 그때처럼 소리를 질렀다간 당장 SNS에서 조롱거리가 되는 세상이다.

바뀐 건 구단의 시스템만이 아니었고, 그런 변화를 따라가지 못한 감독들은 도태되어 사라졌을 뿐.

"아무튼, 오래가지 못할 거예요. 저런 녀석은."

"아주 악담을 퍼붓는구나."

"틀린 말은 아니니까 그렇죠."

제임스는 벨미르에 대해 비관적인 전망을 꺼냈다. 저런 방식은 선수들의 불만이 나올 수밖에 없다. 선수들의 참을성이 언제 바닥나느냐에 차이겠지.

그 불만이 밖으로 새어 나가지 않고 라커 룸 안에서 끝낸다면 문제가 없겠지만.

실패한다면 결국 시한폭탄처럼 터지는 걸 기다릴 뿐이다.

"글쎄. 어떨까."

원지석은 그 말에 어깨를 으쓱였다.

그만큼 보스니아 선수들의 독기 가득했던 눈빛은 쉽사리 잊히지 않았다.

어쩌면 녀석은 클럽 감독이 아닌, 가끔 소집되는 국가대표팀의 감독으로서는 적임일지도 몰랐다.

─역습에 나서는 보스니아!
─동료들이 함께합니다! 기계 같은 움직임이군요!

이탈리아에 프란체스코라는 핵심 플레이어가 있다면, 보스니아는 선수들 개개인의 능력이 부족한 편이었다.

대신 그 부족한 점을 팀으로서 채웠다.

첫 경기부터 이러면 뒤에 있을 경기에선 체력이 괜찮을까 싶을 정도로, 그들은 함께 움직이며 어머어마한 활동량을 보여주었다.

"저러다 퍼질 텐데."

케빈마저 그 활동량에 혀를 찰 정도였다. 물론 선수들은 기계가 아니다. 그러한 점을 보스니아의 벤치에서도 인지하고 있었으며, 후반전도 20분이 지났을 즈음 변화를 준비했다.

"벨미르!"

벤치에서 나온 사람은 브레노였다.

그 험상궂은 얼굴은 시간이 지나도 여전했고, 벨미르의 귓가에 속삭이는 모습은 흡사 갱 영화를 떠올리도록 만들었다.

둘의 모습을 보던 케빈이 수염을 긁적이며 물었다.

"브레노가 생각보다 잘한다면서?"

"그렇다네요. 듣기로는 코치 팀의 핵심이라던데."

친구인 벨미르의 요청에 따라 보스니아에 합류한 브레노는 선수들을 관리하는 데 있어 큰 활약을 했다. 특히 감독에게 크게 깨진 선수들을 다독이며 팀이 무너지지 않도록 도움을 준 모양이었다.

이른바 배드 감독 & 굿 코치랄까.

생김새로는 정반대의 역할이 어울리겠지만.

둘의 어린 시절을 기억하는 사람들에게는 퍽 재미있는 이야기였다.

"아……."

그때 누군가의 탄식 소리가 들렸다.

풍성했던 옛날과는 달리, 지금 브레노의 머리는 눈에 띄게 벗겨져 있었기 때문이다. 그 고통을 누구보다 잘 알고 있을 대머리 코치는 손수건으로 눈가를 훔쳤다.

이윽고 결정을 내린 벨미르가 교체 카드를 꺼냈다.

풀백과 미드필더를 한 명씩 바꿨으며, 오늘 보스니아 선수들 중에서도 특히 많은 거리를 달린 두 명이었다.

─교체로 들어가는 선수들 역시 같은 포지션의 선수들이네요. 전술적인 변화를 주기보다는, 현재 상황을 유지할 의도로 보입니다.

─아, 스위스도 교체 카드를 꺼내는군요.

교착되는 상황을 깨기 위해 스위스의 감독은 수비수를 빼고 공격수를 투입하는 강수를 던졌다.

보스니아가 기계 부품을 갈았다면, 스위스는 칼날을 추가했다는 느낌이 강한 교체였다.

─골문을 살짝 벗어나는 슈팅!

─또 한 번의 위기를 넘기는 보스니아!

─이제 시간이 얼마 남지 않았어요!

경기는 어느덧 막바지에 이르렀다.

두 팀의 노력에도 불구하고 아직 골이 터지지 않은 상황. 상황은 팽팽했으나 골문을 향한 슈팅 횟수는 스위스가 앞섰다. 물론 유효 슈팅이 적었기에 큰 의미는 없었지만.

89분.

이제 모두가 지쳤을 시간.

"어?"

원지석의 나지막한 탄성과 함께.

보스니아가 역습 기회를 잡는 데 성공했다.

─공을! 공을 어디로 주는 거죠?!

보스니아가 미친 듯이 뛰어서 돋보이지 않은 거지, 스위스 역시 엄청난 거리를 뛰었다.

결국 체력적인 한계가 온 그들은 잠깐이었지만 집중력이 흐트러졌고, 그게 곧 치명적인 패스미스로 이어지고 말았다.

보스니아는 기회를 놓칠 생각이 없었다.

역습을 이끈 것은 교체로 들어갔던 윙어였다.

기진맥진한 수비수들을 따돌리는 건 그로서는 그리 어렵지 않은 일이었다.

여유롭게 페널티에어리어까지 돌파한 그는 함께 쇄도하는 공격수에게 낮은 패스를 찔렀고, 실수 없는 정확한 마무리가 골 망을 흔들었다.

―고, 고오올! 이게 들어가나요! 극적인 선제골을 성공시키는 보스니아!

"와오오오!"

골이 들어가자 벨미르가 그대로 무릎을 미끄러뜨리며 괴성을 질렀다. 선수들만큼이나 격한 셀레브레이션을 보여주는 감독이었다.

"근성 하나만은 인정하지 않을 수가 없겠네."

경기가 끝나기 전까지 저렇게 뛰어다니다니. 도핑 검사관들이 눈을 부릅뜬 채 기다리고 있지 않을까.

쓴웃음을 지은 원지석이 등받이에 몸을 기댔다.

아직 추가시간이 남았지만, 스위스 선수들의 허망한 눈을 보니 이변은 일어나지 않을 것 같았다.

'음?'

그때 그의 눈에 띄는 녀석이 있었다.

킴이었다.

녀석은 무언가 초조한 얼굴로 손톱을 물어뜯고 있었다.

그런 킴을 보며 한숨을 쉰 원지석이 녀석의 어깨에 손을 올리고선 물었다.

"그러다 손까지 씹겠다."

"아… 죄송해요."

퍼뜩 정신을 차린 킴이 멋쩍게 머리를 긁적였다. 자기도 모르게 조바심을 느낀 모양이었다.

솔직히 말하자면 비교가 됐기 때문이다. 벨미르와는 비슷한 또래였기에 더더욱 그랬다.

저 녀석은 벌써 국가대표 감독으로서 인정을 받는데, 자신은 이제 걸음마를 떼었으니까.

"괜찮아. 그럴 수도 있지."

원지석은 그 감정을 부정적으로 바라보지 않았다.

적절한 자극은 성장의 밑거름이 된다.

다만 조심해야 할 점은 확실히 짚어줘야만 했다.

"조급해하지 마. 준비되지 않은 사람이 기회를 잡는다는 건 굉장한 도박이거든."

그것도 실패할 확률이 굉장히 높은.

훌륭한 감독이 될 재목이라며 기대를 모았던 코치, 선수들은 제법 많았다. 물론 대부분이 기대만큼 성장하지 못했지만, 그중 적지 않은 사유로 지적되는 게 바로 성급한 선택을 저질렀다는 거다.

의욕처럼 성공만 한다면 최고일 터지만.

만약 실패한다면?

두 번째 기회는 쉽사리 오지 않는다.

킴은 그 말이 자신의 상황과 비슷하다는 걸 깨달았다.

어찌 보면, 프리미어리그 구단들이 최근 자신에게 보내는 구애와 크게 다르지 않았으니까.

"……."

"그리고 나는 확신한다. 저 녀석보다 네가 더 좋은 감독이 될 거라는 걸."

"…너무 금칠해도 부담되거든요?"

결국 힘 빠진 얼굴로 한숨을 쉰 킴이 어깨를 늘어뜨렸다.

순간이지만, 얼마 전에 들어온 감독 제의에 고심하던 자신의 모습이 바보 같았기 때문이다.

동시에 심장이 빠르게 뛰었다.

마치 첫사랑을 마주했던 사춘기 때처럼, 축구공을 처음 만졌을 때처럼.

이대로 가만히 있고 싶지 않았다.

몸을 일으킨 킴이 짐을 챙기며 말했다.

"먼저 갈게요."

"벌써?"

"네. 확인하고 싶은 게 있어요."

가방을 들고 일어난 킴이 다른 사람들에게 인사를 건네곤

빠르게 사라졌다. 아마 사무실에 가는 게 아닐까. 그 뒷모습을 보며 원지석은 작은 미소를 지었다.

삐이익!

마침 경기 종료를 알리는 휘슬이 울렸다.

소중한 한 골을 지킨 보스니아가 승리를 따낸 것이다.

"저 새끼, 저거."

그때 무언가를 발견한 케빈이 킬킬거리며 웃음을 터뜨렸다. 터치라인에 있던 벨미르가 이쪽을 향해 목을 긋는 제스처를 보내고 있었으니까.

그게 무슨 의미인지는 명확하다.

어깨를 으쓱인 원지석이 자신의 목을 내밀었다.

해볼 수 있으면 해보라는 답변에.

사납게 웃은 벨미르가 몸을 돌렸다.

"우리도 슬슬 가죠."

내일이면 잉글랜드의 두 번째 경기가 있다.

그 상대는 포르투갈.

A조에서 가장 어려울 거라 예상되는 상대였다.

*   *   *

포르투갈은 유럽의 축구 강호 중 하나였다. 비록 트로피는 부족할지 몰라도 꾸준히 세계적인 선수를 배출했으며, 이번 세대 역시 전력적으로 약한 편은 아니었다.

「[BBC] 20년 만에 다시 한번 유럽 챔피언을 노리는 포르투갈!」
「[스카이스포츠] 2016년의 영광을 떠올리는 무티뉴」

주앙 무티뉴.

현 포르투갈 국가대표팀의 감독이며, 선수 시절에는 유럽 무대에서 이름을 날렸던 감독.

그는 포르투갈이 기적을 썼던 2016년 유로 우승 팀의 멤버이기도 했다.

"그때에도 우리의 우승을 예상한 사람은 없었죠. 이번에도 마찬가지입니다. 불가능할 건 없어요."

무티뉴는 이곳이 잉글랜드의 홈그라운드라고 해서 겁먹을 필요가 없다는 걸 강조했다. 실제로 2016년에는 결승에서 개최국인 프랑스를 꺾고 조국의 첫 메이저 트로피를 들어 올리지 않았는가.

"글쎄요. 저희는 프랑스가 아닌걸요."

다만 잉글랜드의 감독인 원지석은 시큰둥하게 답하며 어깨를 으쓱였다.

요 며칠간 좋은 경기들을 보았다.

이제 그들에게 답장을 보낼 차례였다.

*   *   *

"한심한 꼴을 보여줄 수는 없죠."

"잉글랜드는 각오해야만 할 겁니다."

원지석과 무티뉴의 인터뷰가 겹치며 화면이 넘어갔다. 웸블리. 잉글랜드의 홈구장인 이곳은 아직 조별 예선임에도 뜨거운 열기를 뿜었다.

포르투갈.

비록 우승 후보로 꼽히진 않더라도 충분히 강한 팀이었다.

빅리그에서 활약하는 선수들이 포함된 스쿼드, 특히 윙어의 퀄리티만을 따지자면 이번 유로 참가국 중에서도 가장 뛰어났고.

─포르투갈은 세계적인 윙어 배출국으로 이름이 높죠?

─예, 루이스 피구에서 크리스티아누 호날두로 이어지는 계보는 포르투갈의 최전성기이기도 했으니까요.

그때 화면에 한 남자의 모습이 잡혔다.

호랑이도 제 말 하면 온다더니, 그 당사자가 등장한 것이다.

─아, 반가운 얼굴이군요. 크리스티아누 호날두입니다.

─중요한 경기인 만큼 후배들을 응원하기 위해 온 거 같아요.

현역 시절엔 리오넬 메시와 세계 최고를 다투었고, 그에 대해선 지금도 평가가 엇갈리지만, 당대 최고의 유럽인이라는 점에

선 이견이 없는 선수.

은퇴 이후에는 패션 사업과 함께 배우로서도 활약하며 축구
계에선 멀어진 호날두였다.

―무티뉴 감독이 그에게 코치직을 제의하기도 한 모양입니다.
그 당시 촬영 중이던 영화 때문에 무산되었지만요.

―하하, 유명한 이야기죠?

그리고 그 영화는 혹평을 면치 못하며 흑역사가 되고 말았
다.

물론 영화는 영화고 축구는 축구다. 전광판에 잡힌 호날두
의 모습에 잉글랜드 팬들이 박수를 보냈다. 축구계의 전설이자,
프리미어리그에서 큰 발자취를 남긴 자에게 보내는 박수였다.

―몇 시간 전에 발표된 라인업을 보시면 아시겠지만, 포르투갈
은 오늘 그들이 낼 수 있는 최고의 라인업을 꾸렸습니다.

"괜찮겠어요?"

한숨을 쉰 것은 네베스였다. 포르투갈의 코치 후벤 네베스.

현역 시절 무티뉴와 한솥밥을 먹은 인연으로 여기까지 함께
한 그는, 곧 있을 경기가 퍽 걱정되는 모양이었다.

사실 그럴 만도 했다.

그들이 마지막으로 상대해야 할 체코는 꽤 까다로운 상대였

으니까.

때문에 네베스는 이번 잉글랜드전에서 힘을 빼는 게 어떠냐는 의견을 냈다. 1위에 모험을 걸기보다는 안정적인 2위를 노리자는 뜻이었지만, 감독인 무티뉴는 그 의견을 받아들이지 않았다.

"괜찮지 않을 건 또 뭐야?"

"아니, 자칫하면 3위 싸움까지 이어지니까 그렇죠."

3위로 밀려난다고 해서 무조건 탈락하진 않는다.

그 3위들 중에서도 16강으로 올라갈 팀을 가리고, 다르게 말하자면 그만큼 일정이 험난해진다는 뜻.

괜히 안정적인 2위를 노리자는 게 아니었다.

"체코라고 해서 다르겠어?"

무티뉴는 그런 네베스의 말에 어깨를 으쓱였다.

이변이 없다면 체코는 오스트리아를 어렵지 않게 꺾을 터다. 그들 역시 포르투갈과의 마지막 조별 예선을 기다리고 있겠지.

"여기서 최소한 무승부를 거둔다. 아니, 이긴다."

"…잘되면 다행인데."

"잘될 거야. 저 녀석들이라면 충분히 가능해."

그가 그라운드 안에서 몸을 푸는 선수들을 바라보았다. 그 중에서도 서로 스트레칭을 도와주는 두 녀석을.

그리조와 페드로사.

이번 세대를 이끌 두 명의 윙어.

누군가가 말하기를.

제2의 피구와 호날두가 같은 시대에 태어났다고.

"라이언? 윌킨스?"

턱을 한 번 긁적인 무티뉴가 웃었다.

"그런 늙고 얇은 방패로는 막지 못할걸."

*   *   *

"피구니 호날두니, 다 개소리다."

원지석은 선수들을 앞두고 그렇게 말했다. 신랄한 어조였다.

"혹시 작년 발롱도르를 누가 받았는지 기억하는 사람? 재작년은? 적어도 그 두 녀석은 아니었다. 만약 그들의 말대로였다면, 세계 축구는 포르투갈인들이 지배하고 있었겠지."

그 스타일이 유사해 그런 칭호를 받았을 뿐, 아직 그 둘은 세계 최고의 선수라 불리기엔 손색이 있다.

"녀석들이 허접하다는 소리가 아니야. 이름뿐인 후광에 쫄지 말라는 거다."

"라이언은 겁먹지 않았다! 진짜가 와도 막을 수 있으니까!"

자신의 가슴을 쿵쿵 두드리는 라이언에게 어린 선수들이 존경의 눈빛을 보냈다. 하긴, 여기서 호날두를 직접 상대해 본 선수는 라이언이 유일했다. 그러한 광경에 원지석이 쓴웃음을 지었다.

진작에 은퇴를 했어도 이상하지 않을 나이.

아니… 이미 한 번 은퇴를 선언했음에도 원지석의 요청에 따라 다시 돌아온 거지만, 어린 후배들에게 라이언은 살아 있는 화석이나 마찬가지였다.

"그래도 그때와는 다를 거다. 너도 나이가 있으니까."

"라이언은 늙지 않았다!"

"야 이 씨, 우리 정도면 늙은 거지."

제임스가 어이가 없다는 듯 투덜거렸다. 물론 경기에서 뛰는 모습만을 보자면 그 말이 아주 틀리진 않았다.

삼 사자 군단에 복귀한 라이언은 오랫동안 발을 맞춰온 선수처럼 팀에 녹아드는 데 성공했다. 정확히는 원지석이 기가 막히게 써먹고 있다는 게 맞을 것이다. 그런 라이언을 우습게 보고 덤벼들었다가 한 방 먹은 녀석들이 하나둘이 아니었으니.

그래도 세월을 막을 수는 없어서.

반응 속도나 순발력 같은 부분은 젊었을 때와 비교해 떨어진 게 사실이었다.

"라이언, 내 말 들어."

집중을 요구한 원지석이 라이언의 앞으로 다가갔다. 눈을 마주치고 설명을 하는 모습이 짐승을 교육하는 조련사 같기도 했다.

"너도 알겠지만, 너와 상성이 좋지 않은 녀석들이야."

괜히 겁먹을 필요는 없다고 했지만.

포르투갈의 측면 자원에 대해선 원지석도 그 기량을 인정하고 있었다.

남미 선수들을 제외한다면, 유럽에 한해선 최고의 윙어들이라는 걸.

그리조.

왼쪽 오른쪽을 가리지 않는 윙어였다. 간결한 터치를 이용한 드리블에 능했고, 개인기 역시 뛰어난 크랙이다.

다만 골 결정력에 있어 부족한 모습을 보였기에 함께 뛰는 파트너가 매우 중요했다.

페드로사.

이쪽은 오프 더 볼과 골 결정력에 있어서 뛰어난 모습을 보여주는 측면공격수였다.

그리조에 비해 기교는 떨어질지 몰라도, 제2의 호날두란 말이 아깝지 않게 측면에서 안쪽으로 들어가는 플레이를 즐겼다.

"예상대로 그리조가 오른쪽 윙으로 나왔다. 당연한 선택이지."

원지석이 스크린을 터치하자 전술 보드가 떠올랐다.

그는 구시대의 상징이 된 스마트폰을 쓰는 것과 별개로, 훈련이나 전술엔 다양한 기술을 시도하는 편이었다. 실제로 첼시의 라커 룸과 훈련장에도 많은 돈을 쏟아부었고.

뭐, 감독에 따라선 칠판이나 화이트보드처럼 고전적인 스타일을 좋아하는 사람도 있지만 말이다.

전술 보드를 확대해 포르투갈의 오른쪽 윙을 터치하자 그리조의 얼굴이 크게 떠올랐다.

단정한 머리를 한 백인 청년이.

"라이언을 상대하는 데에는 테크니션이 효과적이거든."

"라이언은……!"

"아직 내 말 안 끝났어."

서슬 퍼런 목소리가 라이언을 억눌렀다. 더 이상의 투정은 받지 않겠다는 의미.

원지석의 차가운 눈에 라이언이 시무룩한 모습으로 고개를 돌렸다.

전설적인 선수들의 자서전에서나 언급되던 상황을 직접 마주한 후배 녀석들은 눈을 반짝였다.

"좌우를 가리지 않는 녀석인 만큼 선발 명단의 포지션은 큰 의미가 없겠지만, 포르투갈은 분명 우리의 양 풀백을 찍어 누르려 할 거다."

그리조는 파울을 얻어내는 데 능숙한 녀석이었다.

만약 잉글랜드의 왼쪽으로 침투한다면 라이언 특유의 파워풀한 태클이 들어오는 순간을 노리고 있겠지.

덫.

이건 맹수가 달려들길 기다리는 덫이었다.

"사전에 연습한 대로 측면미드필더들이 풀백들의 수비 부담을 줄여줘야 해."

라이언이나 윌킨스나 수비에서 강점을 드러내는 풀백은 아니다. 원지석 역시 알고 있었다. 이 두 명만으로 톱클래스의 윙어들을 상대하라는 건 자살행위에 가깝다는 걸.

화면을 터치하자 전술 보드에 표시된 양 팀의 선수들이 움직였다.

두 팀이 섞여 들어갈 때.

다시 화면을 멈춘 그가 펜을 꺼내 양 측면을 강조하고선 입을 열었다.

"그리조는 전방으로 치고 들어가지 못하도록 막고, 특히 페드로사, 이놈에게 슈팅 찬스를 줘선 안 돼. 어디서든 슈팅을 만들어내는 녀석이니까."

페드로사는 그리조와 다르게 머리에 잔뜩 힘을 준 남성이었다. 특유의 자신감이 넘치는 눈빛에서 호날두를 떠올린 사람이 있을지도 모르겠다.

포르투갈의 전술은 이 페드로사에게 맞춰져 있었다.

어찌 보면 호날두와 함께 뛰었던 경험을 되살린 걸지도.

원지석은 그 외에 주의할 점을 선수들에게 주지시켰다. 사실요 며칠간 몇 번이고 떠들었고, 주입했던 내용이었으니 새로울 것은 없었다.

"슬슬 시간이네. 가자."

손목의 시계를 확인한 그가 라커 룸 대화를 마무리 지었다. 그렇게 선수들이 먼저 라커 룸을 빠져나가고, 그 역시 나가려 할 때.

순간.

걸음을 멈칫한 원지석이 숨을 크게 들이쉬었다.

"뭐야, 왜 그래?"

"아무것도 아니에요."

무언가 이상하다는 케빈의 눈초리에 그가 손을 내저었다. 그런 원지석을 지긋이 노려보던 케빈이 이윽고 눈살을 찌푸리며 턱수염을 긁적였다.

"수상한데."

"수상하긴?"

"…뭐 됐어. 먼저 가볼 테니, 늦지 않게 와."

"네."

어깨를 으쓱인 케빈이 떠났다. 그 뒷모습을 바라보던 원지석은 혼자 남았다는 걸 확인하고선 품속에서 작은 통을 꺼냈다.

약통이었다.

"후우."

물과 함께 한 알을 삼킨 그가 한숨을 쉬었다. 설마 갑작스럽게 통증이 올 줄은 몰랐기 때문이다.

주치의의 말이 떠올랐다. 늦으면 어떤 약도 소용이 없다고 했던가.

'이번 대회까지는 버틸 수 있어.'

더 이상의 욕심은 부리지 않을 테니, 이번 유로까지만이라도.

약통을 집어넣은 원지석이 거울을 보았다.

다행히도 어딘가 병들어 보이거나 하진 않았다.

약에 대한 사실을 케빈은 알지 못했다. 코치 중 알고 있는 것은 앤디 정도였을 뿐. 그의 성격상 들키기라도 한다면 당장 병실에 집어넣지 않을까.

피식 웃은 원지석이 나갈 준비를 마쳤다.

긴 터널을 지나니 그라운드를 비추는 조명이 눈을 아프도록 쪘렸다. 관중들이 내뿜는 뜨거운 열기가 체온을 높였다.

신기하게도 이곳에 있으면 통증마저 잊히는 느낌이었다.

"원!"

"아, 무티뉴 씨. 오랜만이네요."

먼저 나와 있던 무티뉴가 손을 내밀며 다가왔다. 원지석 역시 그 손을 잡으며 악수를 나누었다. 기자회견에서 서로를 겨냥했을 때와는 사뭇 다른 분위기였다. 어쩌면 이것 역시 심리전의 연장선일지도 몰랐고.

"평온해 보이시는군요."

"그래 보이나요? 어쩌면 겁에 떨고 있을지도 모르죠."

"하하, 농담도. 그럼 좋은 승부를 기대하겠습니다."

"저 역시요."

서로를 보며 미소를 지은 둘이 손을 뗐다.

양 팀의 주장이 깃발을 교환했고, 오늘 선발로 나선 선수들이 각자의 진영에 자리를 잡았다.

잉글랜드는 442의 포메이션을 꺼냈다.

양 풀백엔 라이언과 윌킨스가, 센터백의 중심은 존 모건이 잡았으며.

특이하게도 측면에는 수비형미드필더가 자리를 잡았다는 거다.

아무래도 포르부갈의 양 윙어 때문에 꺼낸 수로 보였다.

이에 맞서는 포르투갈은 4231의 전술을 꺼냈다.

두 명의 수비형미드필더가 허리를 다졌으며, 공격형미드필더 자리에는 볼 배급에 뛰어난 선수가 섰다.

그리고 왼쪽에는 페드로사가, 오른쪽에는 그리조가 있었다.

"흠!"

라이언이 길게 콧숨을 내쉬며 기대감을 드러냈다. 호날두라는 전설을 상대했던 추억이 떠올랐다. 그래. 그건 추억이었다. 과연 저 녀석들이 새로운 추억을 만들어줄 수 있을지, 기대가 되었다.

"늙은이쯤이야."

페드로사와 그리조 역시 라이언을 보았다.

오늘 끊임없이 스위칭을 할 둘에게 라이언과의 맞대결은 피할 수 없었다.

물론 겁이 나진 않았다.

전설과는 다르게, 거인은 늙어버렸으니까.

삐이익!

경기가 시작되었다.

*   *   *

승부처는 측면이었다.

원지석 역시 그 중요성을 잘 알고 있었으며, 오늘 경기를 준비하면서도 측면 싸움에 초점을 맞췄다.

두 명의 수비형미드필더를 윙어 자리에 배치한 것도 그래서였다. 측면과 중앙을 커버하라는 지시를 받은 둘은 최선을 다해 뛸 것이다.

—사실상 4222에 가까운 포메이션이네요.
—네. 그리조와 페드로사를 다분히 의식한 전술입니다.

중계진들은 두 감독의 의중을 어렵지 않게 눈치챘다. 포르투갈의 창과 잉글랜드 방패의 대결이었다.

누가 더 날카롭냐, 단단하냐의 싸움.

해설을 담당한 사람이 의견을 추가했다.

—경기가 어떻게 끝날지는 모르겠지만, 저는 포르투갈이 기세를 잡을 거라 봅니다.
—어째서죠?
—무티뉴 감독은 되도록 변화를 주지 않는 경향이 있습니다. 오늘 경기만 봐도 알 수 있죠. 이걸 나쁘게 말하자면 고집불통이 되겠지만, 그만큼 포르투갈 선수들은 그의 전술에 익숙해져 있다는 뜻이니까요.

반면 잉글랜드는 오늘 같은 전술을 공식 경기에서 꺼낸 적이 없었다.

얼마나 발을 맞췄을지 몰라도, 시행착오는 분명히 있을 터.

―아, 말씀드리는 순간 측면으로 향하는 패스! 페드로사가 달려갑니다!

　포르투갈의 중앙미드필더가 강한 스루패스를 찔렀다. 윌킨스가 공격을 나가면서 생긴 공백을 노린 것이다.

　"우측으로 좁혀! 가까이 붙으라고!"

　공을 향해 달려가는 페드로사를 보며 존 모건이 소리를 질렀다. 달려가는 속도가 심상치 않았다. 윌킨스보다 빠르진 않더라도, 어디 가서 꿀리지 않을 속도인 건 분명했다.

　존 모건의 지시에 가장 빨리 움직인 건 오늘 오른쪽 윙어로 나온 수비형미드필더였다.

　동시에 공을 잡은 페드로사가 측면에서부터 안쪽으로 드리블을 시작했다. 뻔했지만 그만큼 위협적인 패턴이었다.

　―페드로사에게 강한 압박을 가하는 잉글랜드! 그러는 사이 윌킨스가 복귀합니다!

　―돌파하기가 쉽지 않네요!

　"짜증 나게."

　몸을 비비는 잉글랜드 선수들로부터 느껴지는 뜨거운 체온에 페드로사가 불쾌함을 드러냈다. 생각보다 까다로웠다. 자존심상 슈팅이라도 때려보고 싶었지만, 그 슈팅 각도조차 쉽게 만들어지지 않았다.

결국 그는 자신을 향해 손을 흔드는 동료에게 공을 넘겼다.

패스를 받은 이는 포르투갈의 공격형미드필더였다.

압박에 취약하다, 느리다, 그런 비판을 받음에도 국가대표팀의 붙박이 주전을 괜히 먹은 게 아니다.

바로 볼 배급 능력.

포르투갈 국적을 가진 선수 중 그보다 뛰어난 플레이메이커는 없었다.

─빠르게 공격 전환을 시도하는 포르투갈.

─그 끝에 그리조가 있습니다.

순간 경기장의 분위기가 바뀌었다.

안경을 고쳐 쓴 원지석이 그리조를 바라보았다. 아니, 노려보고 있다는 게 맞겠지.

오늘 경기를 준비하며 가장 신경 쓴 녀석이 있다면 바로 저 녀석이다.

크랙.

그 가볍지 않은 울림.

포르투갈의 피니셔는 페드로사지만, 그 전까지의 과정을 만드는 건 그리조였다.

"실수 없이 가자."

원지석이 공을 잡고 슬슬 선진하는 그리조를 보며 중얼거렸다. 조별 예선에서 포르투갈과 만나는 게 정해졌을 때부터, 그는 오늘을 준비했다.

깐깐한 준비였다. 그 깐깐함에 선수들이 죽어나갔을 정도로.

하지만 제대로 써먹질 못한다면 결국 의미 없는 땀이 될 뿐이다.

그리조가 점점 속력을 올렸다.

공을 툭툭 치며 전진하는, 빠르진 않더라도 발에 접착제를 바른 것처럼 정교한 드리블.

순식간에 일차적인 압박을 벗어난 그는 계속해서 전진했다. 녀석이 페드로사보다 까다로운 이유는 저 변칙성에 있었다.

어디로 튈지 모른다.

수비수로서는 가장 짜증 나는 상대였다.

"흠!"

그때 거친 콧소리와 함께 존재감을 드러내는 녀석이 있었다. 돌아온 거인, 라이언이었다.

그리조 역시 눈을 끔뻑이며 자신의 앞을 막아선 거인을 보았다.

'크다.'

직접 맞닥뜨린 라이언은 상상 이상으로 거대했다.

터널에서 마주쳤을 때만 하더라도 이 정도로 크다는 생각은 들지 않았는데, 갑자기 커지기라도 한 걸까.

아니, 그럴 리가 없다.

이 위압감.

피부가 따가울 정도로 느껴지는 저릿저릿한 투기.

무수한 싸움터를 헤쳐온 투사만이 뿜어낼 수 있는 투기였다.

'…겁먹었다고? 내가?'

그리조는 자신이 위축당했다는 사실을 받아들이기 어려웠다. 멍한 인상과는 달리 그는 자존심이 꽤 강한 편이었다.

마음을 다잡고 산처럼 거대한 라이언을 노려보자, 거인은 다시 머리 하나 큰 사람으로 돌아왔다.

이 정도면 해볼 만하다.

녀석이 공을 몰고 슬금슬금 라이언을 향해 다가갔다. 정면 돌파였다.

'당신은 돌아오면 안 됐어.'

무슨 부귀를 누리겠다고 은퇴를 번복했을까. 지난 시대의 전설이라는 건, 다르게 말하자면 퇴물일 뿐이다. 그리조는 그렇게 생각했다. 그랬기에 허울뿐인 껍데기에게 위축됐다는 사실을 인정하고 싶지 않았다.

완벽하게 짓누른다.

그러면 이 수치심을 잊을 수 있겠지.

오늘이야말로 전설이 무덤에 돌아갈 날이었다.

퉁!

그리조가 스텝을 밟는 동시에 속력을 올렸다. 라이언에 관한 공략법은 이미 충분히 숙지한 상태였다. 특히 현역 시절 라이언을 상대해 본 코치들의 피드백은 꽤 도움이 되었다.

'한 번 더.'

거인이 움찔하며 반응하는 걸 확인한 그가 반대쪽으로 방향 전환을 시도했다. 여기에 가벼운 헛다리 짚기는 덤.

라이언은 현란한 개인기를 쓰는 선수에게 약하다. 전성기 시절에야 그 무지막지한 피지컬과 반응 속도로 무마했다지만, 지금은 그럴 수 없다는 걸 누구나 알고 있었고.

찰나의 순간이었다.

공을 흘리면서도 그리조는 라이언을 바라보았다. 만약 반응하지 못했다면 그대로 돌파할 것이고, 아니라면 한 번 더 변화를 줄 생각이었다.

하지만.

그리조는 소름이 돋는 걸 느꼈다.

그 순간, 라이언과 눈을 마주쳤기 때문이다.

거인은 눈앞의 상대를 똑바로, 그리고 정확히 보고 있었다.

"시발, 뭐야."

께름칙한 불길함에 무심코 욕설이 터졌다. 그럼에도 그리조는 발을 멈추지 않았다. 정확하고 간결한 터치, 이어지는 드리블은 감탄이 나올 정도였다.

이제 돌파만을 남겨뒀을 때.

라이언이 뒷걸음질을 치듯 뒤로 물러났다.

'왜?'

용맹한 플레이로 명성을 떨쳤던 그답지 않은 플레이였다. 하지만 좋은 게 좋은 거라고, 지금은 눈앞에 집중하기로 했다.

─제쳤어요! 라이언을 제치는 그리조!

─아주 멋진 드리블이었습니다!

─하지만 아직 안심하기엔 일러요!

산 넘어 산이라더니, 잉글랜드의 수비형미드필더가 페널티에어리어 근처에서 각을 좁혔다.

그런 상황인데도 그리조는 속력을 늦추지 않았다. 가장 험난한 산을 넘은 그에게 이 정도는 동네 뒷산으로 보일 뿐이었다.

드리블엔 탄력이 붙었고, 어설픈 파울이라도 저질렀다간 치명적인 상황이 이어질 터였다.

오늘 경기의 하이라이트를 만들려던 그 순간.

쿵쿵쿵.

무언가 빠르게 달려오는 소리에 그리조가 무심코 고개를 돌렸다.

넘었다고 생각한 산이, 바로 뒤까지 따라왔다.

"흠!"

큰 숨소리와 함께 라이언이 안쪽에서부터 그리조를 압박했다. 이대로 바깥까지 몰아낼 속셈이었다.

얌전히 당해주긴 싫었던 그리조가 속력을 올리며 벗어나려 했지만, 그것도 길목을 먼저 선점한 잉글랜드의 수비형미드필더 때문에 쉽지 않았다.

'처음부터 이걸 노렸다 그거지?'

페드로사를 직접적인 압박으로 찍어 누른다면, 자신은 공간 압박으로 플레이 자체를 봉쇄시킨다. 낯설지 않은 방법이었다. 지금까지 이런 방법을 시도했던 팀이 몇 있었으니까.

문제 될 건 없다.

그의 장점은 어디서든 크로스를 올릴 수 있다는 거였다.

ㅡ아, 오히려 측면으로 빠지는군요!

ㅡ잉글랜드 선수들을 페널티에어리어에서 끌어오고 있습니다!

중계진의 말처럼 그리조는 잉글랜드의 수비 간격을 넓히려 했다. 이런 대응 방식은 충분히 상정했던 부분이고, 벌어진 공간에 넣은 패스를 페드로사가 마무리하는 건 포르투갈이 종종 보여주는 장면이었다.

이윽고 라인 근처까지 빠진 그리조가 크로스를 올리려던 때였다.

그 근처를 서성이며 눈을 빛내던 라이언이 재빠르게 각을 좁혔다. 딱히 공을 빼앗으려는 행동으로는 보이지 않았다. 단순히 패스의 정확도를 떨어뜨리려는 속셈이었지.

퉁!

높게 올려진 크로스가 페널티에어리어를 향해 쏘아졌다.

ㅡ헤딩을 시도하는 페드로사! 하지만 닿지 않습니다!

ㅡ하하! 약간 짧았네요.

"아오!"

자신의 머리 위를 아슬아슬하게 스친 공을 보며 페드로사가 아쉽다는 듯 탄식을 내뱉었다. 그러고선 그리조에게 엄지를 드는 걸 잊지 않았다.

"좋았어!"

"하아."

그런 페드로사를 보며 그리조가 쓴웃음을 지었다.

맞다. 분명 괜찮은 플레이였다.

하지만 뭘까. 이 찝찝함은.

그리조는 묘한 불쾌함에 혀를 찼다.

*　　　　*　　　　*

─또 한 번 돌파에 성공하는 그리조! 이어지는 패스, 아! 라이언을 맞고 아웃 됩니다!

─포르투갈의 스로인!

이후에도 경기는 비슷한 흐름으로 전개되었다.

포르투갈의 두 윙어는 잉글랜드의 측면을 흔들었으며, 잉글랜드는 그 둘을 막는 데 급급한 것으로 보였다.

─과연 잉글랜드가 이 위기를 넘길 수 있을까요?

중계진마저 그런 말을 할 정도로 잉글랜드는 좀처럼 공격을 나서지 못했다.

하지만.

정작 당사자인 그리조는 무언가 초조한 것처럼 아랫입술을 깨물었다.

'또야.'

분명 기세를 잡은 것은 그들이었다. 그러나 아직 스코어는 0 : 0으로, 차이는 벌어지지 않은 상황.

이번에도 돌파까진 어렵지 않았지만, 문제는 그 이후였다. 마무리를 지어야 할 페드로사에겐 어느새 겹겹이 마크가 쌓여 있었기 때문이다.

다른 동료에게 패스를 주자기엔, 그들이 못 미덥다기보다는 페드로사를 더 믿는다고 말하고 싶었다.

그리조의 눈은 계속해서 페드로사를 찾았다.

방금 같은 경우도 마찬가지였다. 답답함에 크로스를 억지로 올린다는 건 그답지 않았다.

"왜 그래? 조급해 보인다?"

"아니, 별거 아니야."

"넌 잘하고 있어. 계속 두드리면 열릴 거야."

"…물론이지."

페드로사의 물음에 그리조가 한숨을 쉬며 고개를 끄덕였다. 그 말처럼 몸 상태는 나쁘지 않았다. 실제로 두 명을 돌파하고 패스를 넣어줄 때도 있었으니까.

그런데도 점점 수렁에 빠지는 느낌이었다.

"기분 나쁜 전술이야."

그리조가 고개를 돌렸다. 이 힘 빠지는 전술을 구상한 사람을 보았다.

그 시선에.

원지석이 어깨를 으쓱였다.

"너무 호흡이 잘 맞는 것도 문제야."

포르투갈은 지금까지 저 두 선수에게 의존하는 경향이 컸다. 만약 답답한 경기력이 이어진다면 다른 포지션을 바꿀 정도였으니까.

팀 전술의 한계상 어쩔 수 없는 점이기도 하다.

그렇기에 시간이 지날수록, 신뢰가 두터워지는 만큼, 그리조와 페드로사는 서로에게 의존하고 있었다.

원지석은 그 점을 노렸다.

예를 들면 오늘 선발로 나온 포르투갈의 공격수가 있다.

자국에선 유망하단 소리를 듣고, 기존의 주전을 밀어내는 데 성공했음에도 그 존재감이 희박한 녀석. 사실상 페드로사의 압박을 분산시키기 위한 미끼에 가까웠다.

때문에, 같은 찬스가 생기더라도 그리조는 되도록 페드로사에게 패스를 뿌린다.

그게 포르투갈의 전술이었기 때문이다.

"피니셔는 막고, 연결 고리는 끊고!"

케빈이 즐겁다는 듯 웃었다. 그는 원지석의 계획을 현실로 옮긴 사람 중 하나였다.

다만 케빈은 마냥 포르투갈을 우습게 보진 않았다.

"언제까지 통할 거 같아?"

"글쎄요. 적어도 후반전부터는 통하지 않겠죠."

저들도 바보가 아닌 이상 대책을 마련할 거다. 그렇기에 잉글랜드가 무엇을 하려면 바로 지금이 기회다.

'재수가 없다면 다른 녀석들에게 골을 먹힐 테지만.'

그 위험을 감수한 전술이다.

원지석이 리암에게 손짓하며 기어를 바꿀 것을 요구했다.

수비형미드필더라고 공격하지 말란 법은 없지 않은가.

방패로 후려칠 시간이었다.

*   *   *

─원 감독이 선수들에게 무언가 신호를 보내는군요. 슬슬 변화를 주려는 걸까요?

잉글랜드의 기색이 달라졌다는 걸 눈치챈 중계진이 이를 언급했다. 지금까지 수비적인 롤만 수행하던 윙어들이 조금씩 전진하고 있었기 때문이다. 아예 하프라인을 넘은 적이 없었던 그들의 움직임을 눈치채는 건 어렵지 않았다.

그만큼이나 의도가 뚜렷한 전술을 바꾼다니, 다른 이유가 없다.

원지석이 칼을 뽑았다는 것.

4222 포메이션에 가까웠던 잉글랜드가 접었던 날개를 폈다.

"목표는 전반전 종료 휘슬이 울릴 때까지."

앞으로 나아가는 윙어들을 보며 원지석이 중얼거렸다. 이후 경기 운영을 위해선 여기서 골을 넣어야만 한다. 실수는 용납되지 않는다.

안경을 고쳐 쓴 그가 경기를 계속해서 지켜보았다.

오늘 경기에선 윙어로 선발되었다지만, 둘은 본래 수비형미드필더 자리에서 뛰던 선수들이다. 공격적인 능력이 탁월한 것도 아니어서, 마냥 올라간다고 숨겨왔던 재능에 눈을 뜰 리가 없었다.

그렇기에 원지석은 그들에게 가장 잘하는 것을 시켰다.

─강하게 전방 압박을 하는 잉글랜드!
─아예 포르투갈을 가둬두는군요! 가두리양식장이에요!

하프라인을 넘어선 윙어들은 과감한 압박을 통해 측면을 통제했다. 막기만 하던 방패로 짓누르고 있다 봐도 좋았다.

그렇게 만들어진 공간은 풀백들의 차지였다. 윌킨스는 자신의 진면목을 보여주겠다는 듯 포르투갈의 수비진을 들쑤셨다.

하나 의외가 있다면 리이언이겠지.

녀석은 윌킨스와 달리 수비 라인에 머물며 전술적인 비대칭을 이루었다.

다르게 본다면 쓰리백에 가까울 정도로.

"귀찮게……."

자신의 앞을 벽처럼 막아선 라이언을 보며 그리조가 한숨을 쉬었다. 그는 언제라도 역습을 할 수 있도록 움직이는 중이었는데, 눈앞의 거인이 좀처럼 떨어지지 않았다.

그렇게 공격을 좋아하는 양반이 왜 어울리지 않는 짓을 하는지, 덕분에 그 안쪽을 파고들기가 힘들었다.

"흠!"

라이언이 거친 콧숨을 내쉬었다.

그게 마치 겨우 그거뿐이냐는 도발처럼 들렸기에, 그리조의 눈썹이 꿈틀거렸다.

"아저씨, 아저씨는 안 가요?"

"라이언은 어디로든 갈 수 있다."

"그러면 좀 꺼지는 게 어때요?"

짜증 섞인 목소리에 라이언이 피식 웃음을 흘렸다. 그것마저 그리조의 신경을 긁었다. 미소 속에 담긴 승자의 우월감을 느꼈기 때문이다.

"라이언이 무서운가? 요즘 애들도 별거 아니군!"

"하! 영감탱이가……!"

여태껏 맹한 인상이었던 그리조가 얼굴을 구겼다. 틀니 빠지지 않게 살살 해줬더니, 뭐?

은근히 깔보고 있던 상대에게 그런 시선으로 내려다보이는 건 상상 이상으로 열받는 일이었다.

"말렸구나."

그런 그리조를 보며 무티뉴가 한숨을 쉬었다. 설마 했던 상황이 일어났다.

원지석은 라이언의 공격성을 과감하게 죽이고선 수비진에 묶어두었다. 그 빈틈을 노리려던 포르투갈로서는 의도치 않은 부분이었다.

거기다 팀의 공격을 이끌어야 할 그리조는 심리전에 흔들리기까지.

이대로 두어서는 안 된다.

"그리조!"

상황을 수습하기 위해 터치라인에 선 무티뉴가 소리를 지를 때.

그라운드에선 잉글랜드의 공격이 계속해서 이어지고 있었다.

"이안!"

공을 잡은 리암이 소리쳤다. 그들은 모처럼 생긴 기회를 노릴 줄 아는 선수들이었다. 특히 리암과 이안 두 명은 말이다.

퉁!

측면으로 길게 찔러진 패스를 향해 이안이 빠르게 움직였다. 그는 그리조 같은 테크니션은 아닐지라도, 기본적인 돌파력을 가진 선수였다.

―빠르게 치고 달리는 이안!

―리암과의 팀워크가 훌륭해요!

사실상 왼쪽 풀백의 지원을 받기 힘든 상황임에도 라이언의 빈자리는 느껴지지 않았다. 그 정도로 리암과 이안은 포르투갈의 오른쪽을 훌륭히 괴롭혔다.

누군가가 말하길.

리암은 최고의 미드필더는 아니지만, 모든 동료가 사랑하는 미드필더.

직접 뛴 이안이 느끼기에도 틀린 말은 아니다.

'마치 십 년은 함께 뛴 거 같군.'

녀석은 자신이 어떤 플레이를 생각하든지 한발 앞서 맞춰주었다. 그게 얼마나 대단한 건지는 입 아프게 말할 필요도 없고.

가능하면 국가대표팀만이 아니라 소속 팀에서도 함께 뛰고 싶을 정도였다. 리암은 그런 녀석이었다.

―오늘 이안은 사실상 왼쪽 측면공격수로서 뛰고 있습니다.

―영향력만을 보자면, 오히려 포르투갈의 윙어들보다 낫다고 할 수 있겠군요.

―네. 두 명이 만들어내는 시너지가 상상 이상입니다만… 아! 말씀드리는 순간 강한 압박에 들어가는 포르투갈!

―이안을 둘러쌉니다!

포르투갈의 수비수들이 눈을 빛냈다. 다르게 말하자면 그들 역시 똑같이 대응하면 될 뿐 아닌가.

더군다나 지금까지 포르투갈의 공격을 막아냈던 잉글랜드의 방패도 이렇게까지 올라온 상황이다. 단 한 번. 단 한 번의 역습이면 골을 만들어낼 수 있다.

"병신들."

그런 부나방들을 보며 이안이 비릿한 미소를 지었다. 그는 기꺼이 불이 되기로 했다.

"이렇게 몰려와서야."

슬쩍 시선을 돌리자 페널티에어리어를 쇄도하는 리암의 모습이 보였다. 사랑스러운 움직임이었다.

수비수들의 주의를 끌어모으며 만든 그 잠깐의 틈.

그거면 충분하다.

'믿는다!'

쾅!

강력하지만, 골로 연결되기까진 부족한 슈팅이었다.

그 예상처럼 몸을 날렵하게 날린 골키퍼가 어렵지 않게 공을 쳐냈음에도 이안은 아쉬워하지 않았다. 애초부터 골을 노린 슈팅이 아니었기 때문이다.

부나방들의 시선이 멍하니 공을 좇는 사이.

그 너머.

홀연히 움직이는 무언가를 확인한 이안이 입꼬리를 늘렸다.

"너네도 당해봐."

골키퍼를 맞고 흘러나온 공을 향해 달리는 남자가 있었다.

적어도 지난 반시즌에 한해선 절정의 골감각을 자랑하는 피니셔.

그는 포르투갈과 잉글랜드의 차이점을 만드는 존재였다.

ㅡ고오올!

ㅡ분위기를 반전시키는 데 성공하는 잉글랜드! 그 주인공은!

ㅡ제프! 노팅엄의 제프입니다!

"하여간 신기한 놈이야."

재미있는 재주를 가진 녀석이었다. 누군가는 단순한 주워 먹기일 뿐이라며 비하할지 몰라도, 그로서는 아무래도 좋았다. 팀에 도움이 된다면 주워 먹기가 뭐 어떻단 말인가.

중요한 건 팀이 승리할 수 있냐는 거다.

거기엔 제프를 무시할 이유도, 질투할 이유 또한 없었다.

'그리고.'

이안은 이쪽으로 달려오는 제프를 보며 쓰게 웃었다.

골 셀레브레이션마저 수줍게 하는 녀석은 저 녀석이 처음이었다.

나쁘다는 말이 아니다. 데니스처럼 주인공을 해야만 하는 성격이었다면, 동료라는 생각조차 들지 않았을 테니까.

짝.

제프와 이안이 손바닥을 마주치는 순간.

웸블리에 거대한 함성이 터졌다.

                    *   *   *

한 골.

잉글랜드로서는 아주 적절한 시기에 터진 귀중한 골.

그 한 골이 지금 포르투갈의 목을 졸랐다.

―페드로사가 이번엔 왼쪽으로 가는군요.

―네. 스위칭을 꾸준히 하고 있다지만, 글쎄요. 아직까진 별다
른 효과가 없네요.

후반전이 시작되며 포르투갈은 두 윙어의 위치를 바꿔보았
지만 큰 효과를 거두진 못했다.

잠깐 열렸었던 잉글랜드의 문은 다시 굳게 닫혔고, 특히 윌
킨스는 자기 쪽으로 온 그리조를 모기처럼 쪼며 수비에 집중하
는 모습을 보였다.

"제길."

좀처럼 풀리지 않는 상황에 무티뉴가 한숨을 쉬었다. 후반전
에 들어서 몇 번째인지 모를 한숨. 손톱을 잘근잘근 씹는 그를
보며 옆에 앉은 네베스기 조심스레 입을 열었다.

"교체 준비할까요?"

"어, 음……."

교체라는 건 즉, 그리조와 페드로사를 빼야 한다는 뜻.

두 명 모두 바꿀 필요까진 없겠지만 변화는 필수였다.

포르투갈 코치들에겐 지금 이 상황이 거짓말 같았다. 어느 상황에서나 본인의 몫을 해주던 둘이었는데.

전술의 기본 뼈대가 제대로 굴러가지 못하는 만큼 네베스의 제의는 합리적이다.

하지만 무티뉴는 말끝을 흐렸다.

그 눈에는 미련이 덕지덕지 남았는데, 솔직히 말하자면 내키지 않기 때문이다.

그럴 만도 했다. 지금까지 포르투갈이 위기를 겪을 때마다 경기를 뒤집었던 건 페드로사와 그리조였으니까.

이번에도 조금 더 믿음을 준다면?

그 작은 미련을 놓지 못한 무티뉴는 교체를 망설이게 되었다.

'조금만 더.'

손톱 끝을 거칠게 뜯은 그가 새로운 전술을 지시했다.

―아, 페드로사와 그리조, 두 선수가 모두 오른쪽으로 향합니다. 라이언과 승부를 보려는 걸까요?

스위칭은 그만두고, 이제 둘이 뭉쳐 공격을 풀어나가기로 한 것이다.

그리고 이런 상황에 조용히 고개를 끄덕이는 사람이 있었다. 원지석이었다.

그는 말없이 안경을 고쳐 썼다.

'이 정도야.'

충분히 상정했던 부분이다. 무티뉴라는 감독의 특성, 그리고 한계. 원지석은 그에 맞춰 대응책을 짰다. 적어도 하루아침에 바뀔 리가 없는 것들이었으니.

만약 무티뉴가 이전 경기에서 다른 모습을 보여줬다면 고민 좀 했겠지만, 다행이라 해야 할지, 그는 생각했던 그대로의 모습을 보여주었다.

"후회할 땐 늦어."

원지석은 무티뉴의 미련을 끊어줄 생각이 없었다. 뒤늦게 깨닫고 교체를 해봐야, 시간은 이미 늦어 있을 터다.

그때를 상상하는 것만으로 퍽 즐거웠다.

"우와아⋯ 나쁜 얼굴."

"히익."

"간만에 본성이 나왔구먼."

잉글랜드 벤치에 앉은 코치들이 중얼거렸다. 특히 트라우마가 있는 제임스 같은 경우는 핼쑥한 얼굴로 눈을 피했다. 케빈이야 킬킬거리며 옛 추억을 되새겼지만.

벤치에서 그런 일이 있는 사이.

"꼬마! 이것뿐인가! 이 정도쯤은 라이언에겐 쉬운 일이다! 너무 쉬워서 하품이 다 나오는군!"

"이 늙은이가……!"

"그리조, 흥분하지 마!"

발끈하는 그리조를 페드로사가 막았다. 상성이 나빠도 너무 나쁘다. 애송이 취급을 끔찍이 싫어하는 역린을 제대로 건드린 건지, 이렇게나 얼굴을 구긴 그리조는 그로서도 드물었다.

두 명을 상대하게 된 라이언은 필사적인 싸움을 이어가는 중이었다.

여기서 그가 막느냐 막지 못하느냐에 따라 경기 결과가 달라질 수 있다. 물론 라이언은 자신감이 넘쳤다.

감독인 원지석은 이런 상황을 대비했고, 선수는 거기에 따르면 된다.

라이언에겐 하나의 진리처럼 당연한 사실이었다.

"흠!"

몸으로 직접적인 압박을 주면서도 약간의 틈을 준다. 실수가 아니다. 어디 들어올 수 있으면 들어오라는 도발이었지.

그걸 알면서도 그리조는 함정을 피하지 않았다. 오히려 그 틈을 집요할 정도로 파고들었다.

설욕을 위한 싸움 끝에 라이언을 돌파한다면 그 뒤엔 잉글랜드의 최종 수비벽이 기다렸다. 그제야 페드로사를 본다고 해도 이미 늦은 상황.

더군다나 이런 강도 높은 대결을 지속하니 체력과 함께 판단력이 점차 흐려졌다.

"야! 여기! 야!"

물론 상황을 지켜보는 페드로사로서는 속이 터지는 상황이었다. 이제 후반전도 시간이 얼마 남지 않았다. 그런 상황에 이성을 잃다니, 그리조에게 공격 전개를 의존하는 포르투갈은 덕분에 팀 자체가 흔들리고 있었다.

무티뉴가 상황을 받아들인 것도 그쯤이었다.

그는 결국 교체 카드를 꺼내며 아랫입술을 꽉 깨물었다.

─변화를 주는 포르투갈. 그리조가 빠지는군요?

─매우 화가 난 것처럼 보입니다.

─그럴 만도 하죠. 오늘 같은 경기력에 가장 실망한 것은, 그리조 본인일 테니까요.

─그답지 않은 플레이였어요.

교체 아웃 된 그리조는 나가면서도 라이언을 계속해서 노려보았다. 거인은 계속해서 그 자리에 서 있었다.

'졌어.'

인정하긴 싫지만.

그는 과거의 영광에게 패배하고 말았다.

"아저씨."

"라이언이다."

라이언이고 나발이고. 무언가 말을 하려던 그리조는 이내 고개를 저었다. 멀리서 눈치를 주는 부심의 모습이 보였기 때문이다.

"…하아, 됐어"

구질구질하게 감정싸움을 이어갈 생각은 없었다.

생각해 보면 이렇게까지 과몰입할 일은 아니었는데.

라인 밖으로 나온 그리조는 무티뉴를 비롯한 코치들에게 미안하다는 사과를 건넸다.

벤치에 앉는 순간 자괴감이 물밀듯이 솟구쳤다.

"감독의 실수지."

그걸 옆에서 지켜보던 케빈이 시큰둥한 얼굴로 수염을 만졌다. 분명 무티뉴는 그리조를 바로잡을 기회가 몇 번이고 있었다. 그게 불가능하다면 빠르게 빼버린다는 방법도 있었고.

뭐, 그걸 방해한 게 이쪽이지만 말이다.

쉽게 말하면 감독의 역량 차이였다.

삐이익!

마침내 포르투갈의 패배를 알리는 휘슬이 울렸다.

무티뉴는 자신이 무슨 일을 당했는지 실감하지 못하는 모양이었다. 아마 집에 가서 오늘 경기를 분석할 때쯤이야 깨닫지 않을까.

"뭐, 아무튼."

그제야 목의 힘을 푼 원지석은 어깨를 으쓱이며 그라운드를 향해 걸었다.

"다들 고생했다."

조별 예선에서 중요한 고지를 점한 잉글랜드였다.

＊　　　　＊　　　　＊

「[BBC] 잉글랜드, 오스트리아 격파!」

「[스카이스포츠] 전승으로 예선을 통과한 잉글랜드!」

잉글랜드는 예선 마지막 경기인 오스트리아전까지 승리를 거두며 조 1위를 수성했다.

이제 다른 조들의 순위 싸움, 거기서도 3위들 간의 16강 진출 팀을 가려야 했기 때문에 조금의 시간이 남는 상황.

"술 먹지 말고, 다치지 말고, 담배 피우지 말고. 특히 사고 쳤다가 걸리는 놈은 가만 안 둔다."

원지석은 모두에게 이틀간의 휴식을 줬다.

지금껏 강행군을 달려왔다. 심적으로도 많이 지쳐 있었기에 가벼운 휴식은 반드시 필요했다.

물론, 숙소에서 너무 멀리 떨어지면 안 된다는 점을 주지시켰지만 말이다.

"먼저 가볼게요."

시간을 확인한 원지석이 짐을 챙기고선 나갔다. 그 역시 이곳에서 선수들과 숙식을 해결했기에, 집에 돌아가는 것은 간만이었다. 아무리 숙소 시설이 좋아진다 하더라도 집의 편안함까진 흉내 낼 수 없는 법.

부르르.

그때 진동을 느낀 그가 주머니 속에서 스마트폰을 꺼냈다.

부인인 캐서린에게서 온 전화였다.

"여보세요? 캐서린?"

—원? 어디예요?

"지금 나가는 중이에요. 차가 막히지 않는다면 금방 도착할 거 같네요."

—차가 막힐 걱정은 하지 않아도 돼요.

그 말에 원지석이 고개를 갸웃거릴 때였다. 동시에 그녀의 목소리가, 스마트폰의 수신음이 아닌 귓가에 직접적으로 들린 것이다.

"여보!"

"캐시?"

원지석이 놀란 얼굴로 그쪽을 바라보았다.

멀리서 손을 흔드는 캐서린과.

그리고 그녀의 뒤에서 쭈뼛거리는 엘리의 모습이 보였다.

*   *   *

오랜만에 가족을 만난 원지석의 기분은 좋아 보였다.

어쩌면 휴식이 절실했던 건 그였을지도 몰랐다. 매일 두통에 시달릴 정도로 머리를 굴렸으니 그럴 만도 했다.

'확실히 이런 점은 좋아.'

집이 멀지 않다는 것.

누군가는 별거 아닌 점으로 치부할지 몰라도, 잉글랜드의 감독으로서 얼마 되지 않는 장점이었다. 어렵지 않게 가족과 만날 수 있었으니까.

그만큼.

원지석에게 가족이란 말은 매우 큰 의미를 가졌다.

'늙은 걸까.'

이제는 멀리 나가는 걸 꺼려 하는 원지석이었다.

물론 그렇다고 해서 라이프치히 시절과 발렌시아 시절을 후회하는 건 아니다.

그때의 경험과 인연은 매우 소중했고, 지금의 원지석이란 감독을 만드는 데 있어서 핵심적인 퍼즐 조각이었다.

다만.

독일에서는 가족과 함께 있었기에 깨닫지 못했지만, 홀로 지냈던 스페인의 집은 유난히 텅 빈 느낌을 감추지 못했다. 가급적이면 다시 느끼고 싶지 않을 정도로.

"여보? 뭐 해요?"

앞서 걷던 캐서린이 뒤를 돌아보며 고개를 갸웃거렸다. 눈이 마주치자 싱긋 웃는 그녀를 보며 원지석은 자기도 모르게 넋을 잃고 말았다.

반평생을 함께했음에도 캐서린은 여전히 아름다웠다.

아니, 아마 주름이 자글자글한 노인이 되어도 그녀는 아름다울 것이다. 그는 확신했다.

"아무것도 아니에요."

고개를 저은 원지석이 그녀의 옆에 섰다.

그는 끝이 가깝다는 걸 알았다.

하지만 그게 절망만을 의미하진 않는다.

그저 마지막까지, 지금 잡은 이 손을 놓고 싶지 않을 뿐.

"이곳도 많이 바뀌었네요."

캐서린이 주위를 둘러보며 눈을 빛냈다. 결혼하기 전에 이곳저곳 돌아다니며 데이트를 했던 곳 중 하나였다.

못 보던 가게들이 들어서고, 그중에서도 기억에 남은 가게들을 발견하는 건 그때의 추억을 자극했다.

"엘리! 전에 왔을 때 기억하니? 너도 참, 아빠 소매를 잡고 여기저기 뛰어다녔었는데."

"그런 거 기억하고 싶지 않아……."

마치 신혼처럼 딱 붙은 부모님을 보며 엘리가 한숨을 쉬었다.

지금 와서 생각해 보면, 이렇게 귀염성 없이 자란 건 평생 신혼인 부모님의 영향이 크지 않을까. 스스로에 대해 고찰의 시간을 가진 엘리였다.

잠깐 거리를 걸은 가족은 적당한 식당에 들어갔다.

고급지다는 느낌이 드는 식당은 아니었다. 그게 불만스럽진 않았다. 이것 역시 부모님의 영향이겠지만, 엘리는 입맛이 까다로운 편이 아니었다.

그렇기에 음식 자체에 대한 불만은 없었지만.

"하아."

동물원처럼 모인 시선에 엘리가 한숨을 쉬었다.

정말 인기 많은 부모님이었다.

"원? 이게 꿈은 아니겠죠? 당신이 손님으로 오다니!"

주방에서 바쁘게 움직이던 사람이 위생모를 벗으며 달려왔다. 아무래도 이 가게의 주방장 겸 사장인 듯싶었다. 허겁지겁 앞치마에 손을 문지른 그가 원지석을 안내하며 함박웃음을 지었다.

"오스트리아와의 경기는 직접 보러 갔었습니다! 굉장한 경기였어요!"

"즐기셨다니 다행이네요."

오스트리아전이란 즉, 조별 예선의 마지막 경기를 뜻한다.

사람들의 예상대로 잉글랜드는 수월한 승리를 거두며 예선을 마무리 지었고, 팬들은 만족스러운 얼굴로 웸블리를 떠났다. 주인장 역시 그런 사람 중 하나였다.

"어?"

가게를 둘러보던 원지석의 눈이 이채를 띠었다. 식당 구석에 걸린 왓포드의 유니폼을 발견했기 때문이다.

왓포드.

런던에 연고지를 둔 팀 중 하나로, 왓포드의 팬들은 그다지 그를 좋아하지 않는다.

그도 그럴 게, 왓포드가 힘겨운 잔류 싸움을 벌일 때마다 만났던 팀이 원지석의 첼시였으니까.

하필이면 강등을 결정짓는 경기에서 푸른 제국이라 불리던 팀을 만난다는 건 운이 나쁘다 할 수 있겠지만⋯ 그게 세 번이나 된다면 웃을 수가 없다.

"흠흠! 뭐, 지금은 잉글랜드의 감독이니 우리 모두의 감독이 죠."

주인장이 멋쩍게 헛기침을 토했다.

왓포드뿐만이 아니다. 첼시를 제외한 프리미어리그 팬들에게 원지석은 저승사자에 가까웠던 존재였다.

그런 감독이 잉글랜드의 지휘봉을 잡았다.

어제의 적이 오늘의 동지가 됐다는 단순한 말로 그 느낌을 설명할 순 없겠지만, 무서웠던 만큼이나 든든하다는 게 모든 잉글랜드인의 소감일 것이다.

그동안 조국의 부진을 지켜본 그로서는 아주 흥분되는 일이었다.

"아무튼, 최고의 요리를 만들도록 하죠."

"기대할게요."

주문을 끝낸 원지석이 쓰게 웃었다.

잉글랜드의 감독으로 부임하며 바뀐 게 있다면 사람들의 호의였다.

지금도 첼시 팬들에겐 신으로 추앙받는다지만, 그 밖의 사람들에겐 무슨 소릴 듣는지 잘 알고 있었다. 적어도 호감과는 거리가 멀다는 걸.

그런데 경쟁 무대인 프리미어리그를 떠나고, 잉글랜드의 지휘봉을 잡자 여론은 점차 달라지기 시작했다. 국가대표보단 클럽축구를 사랑함에도, 조국이 잘나가는 걸 싫어할 사람은 없었으니 말이다.

물론 까칠한 태도를 유지하는 사람도 적지 않았다.

"인기 많네."

그중 한 사람.

손등으로 턱을 괸 엘리가 짜게 식은 눈으로 밖을 보았다.

가게 밖에서 이쪽을 기웃거리는 사람들이 보였다. 주인장의 호들갑이 퍽 관심을 끈 모양이었다.

'평소에도 이 정도는 아니었는데.'

유명인의 딸이 된다는 건 상상 이상으로 피곤한 일이다. 그런 피곤함에 익숙해진 엘리마저 최근의 분위기는 낯설 정도였다. 유로 개막과 함께 많은 외국인들이, 그것도 축구에 미친 외국인들이 찾아왔으니.

지금만 해도 그렇다.

평소보다 더 많은 이목이 끌렸으며, 그들은 그들의 국기가 그려진 옷을 입었다.

그런 사람들이 카메라를 들이대는 건 썩 유쾌하진 않았다.

솔직히 말해 체할 것만 같다.

"미안하구나."

"응? 아, 아니……!"

얼굴에 그 생각이 드러난 건지, 원지석의 사과에 엘리가 서둘러 고개를 저었다. 아버지가 사과할 필요는 없었다.

"어차피 대회가 끝날 때까지 참으면 되는 걸."

"애도 참, 솔직하지 못하긴."

딸아이의 새침한 말에 캐서린이 미소를 지었다. 솔직하지 못한 그 모습이 귀엽기도 했다.

'나도 참 팔불출이지.'

캐서린은 어색한 분위기를 무마시키려는 부녀의 모습을 흐뭇이 보았다.

또 한편으로는 남편의 저런 반응도 이해가 되었다.

아무리 관심을 필요로 하는 직업이라도, 무조건적인 관심은 달갑지 않다.

예를 들어 파파라치처럼 선을 넘은 경우엔 남편이 크게 화를 낸 적도 있었으니까.

딸아이는 그런 관심에 염증을 느꼈다. 그렇기에 남편은 더욱 조심스러웠고.

"후훗."

"뭐야, 갑자기 왜 웃어?"

"왜 그래요?"

"그냥, 좋아서요."

방긋방긋 웃는 캐서린을 보며 부녀가 동시에 고개를 갸웃거렸다. 그 말대로 최근 그녀의 기분은 매우 좋았다. 특히 엘리가 마음의 벽을 허물고 있다는 게 무엇보다 기뻤다.

"무언가 힘든 점은 없나요? 아무래도 저희는 안쪽 사정까지는 모르니까요."

캐서린의 질문에 원지석은 어깨를 으쓱였다.

"글쎄요. 지금은 당신이 응원해 주는 것만으로 충분해요."

"어머, 이이도 참."

갑작스러운 치고 들어오기에 놀랐는지, 눈을 크게 뜬 캐서린은 이윽고 배시시 웃으며 원지석의 옆구리를 쿡쿡 찔렀다.

깨가 쏟아지는 부모님을 보며 엘리는 음료와 함께 내어진 빨대를 잘근잘근 씹었다.

"우리도 항상 응원하니까요."

FA는 원지석의 가족들을 위한 개인실을 제공했다. 웸블리에서 펼쳐지는 경기가 아주 잘 보이고, 다양한 마실 거리가 구비된 최고의 개인실을 말이다. 뭐, 가족이라 해봐야 그리 많지는 않았지만.

그런 이야기를 나누는 사이 음식이 나왔다.

할아버지가 그리스 출신 이민자라는 주인장의 말처럼, 썩 훌륭한 그리스식 요리였다.

"음, 맛있네요!"

"하하! 별말씀을!"

적당히 배가 채워졌을 때 쯤.

아직 남은 올리브를 포크로 굴리던 딸아이를 향해 캐서린이 넌지시 입을 열었다.

"그런데 엘리, 뭔가 줄 게 있지 않니?"

"좀……! 내가 알아서 할게!"

올리브를 푹 찌른 엘리가 얼굴을 붉혔다. 내색하지 않았을 뿐, 아무래도 내심 고민하고 있던 모양이었다.

머뭇거리면서 꺼낸 건 팔찌였다.

팔찌.

떠넘기듯 그걸 받은 원지석은 감회가 새로운 얼굴로 그걸 바라보았다.

아주 어렸던 엘리가 선물했던 것에 이어, 두 번째로 받는 팔찌.

"이것도 액자에 보관하면 내가 끊어버릴 거니까."

씩씩거리던 엘리가 귀여운 협박을 남겼다.

참고로 전에 받았던 팔찌는 원지석의 서재에 고이 보관되어 있었다. 엘리가 몇 번이나 버리라고 화를 냈지만 듣지 않았다.

"고마워. 소중히 할게."

원지석은 그렇게 말하며 팔찌를 만졌다.

아기자기했던 그때와는 달리, 수수하지만 정갈한 느낌이 드는 팔찌였다.

딸아이에게는 미안하지만, 이것도 소중히 보관할 생각이었다.

첼시 박물관에 전시된 쓰레기통을 보고 열광하는 사람들을 조금은 이해하게 된 원지석이었다.

*　　　　　*　　　　　*

잠깐의 달콤한 휴식이 끝나고, 훈련장에 돌아온 선수들의 모습은 한결 편안해 보였다.

각자 휴식의 방법은 다르겠지만 중요한 건 숨을 돌릴 수 있다는 거다. 원지석의 으름장대로 사고를 친 녀석이 없다는 것도 다행이었다.

「[BBC] 마침내 정해진 16강! 막차를 탄 나라는?」
「[스카이스포츠] 대진표에 한숨을 쉬는 잉글랜드!」

그러는 사이 조별 예선 3위 팀들 중에서 16강에 갈 팀이 가려지고, 대진표가 짜였다.

두 개의 조로 나뉘며 반응은 극과 극으로 나뉘었는데, 강팀으로 분류되는 나라들이 모조리 한 곳에 몰렸기 때문이다.

잉글랜드로 예를 들자면.

그들이 결승에 가기 위해선 프랑스, 독일, 이탈리아 같은 전통의 강호들을 상대해야만 했다.

이른바 죽음의 조였다.

원지석은 대진표가 짜일 때 FA를 대표해 얼굴을 비추었던 헨리의 얼굴을 떠올렸다. 손으로 이마를 덮은 채 한숨을 쉬는 그의 눈은 동태처럼 죽어 있었다.

「[가디언] 쾌재를 부르는 포르투갈!」
「[타임즈] '전설' 호날두, 방심해서는 안 된다」

한쪽이 지옥이라면 한쪽은 천국과 같은 상황.

즉, 고만고만한 이 녀석들을 이긴다면.

결승에 가는 것도 꿈은 아니다.

그중에서도 포르투갈이 유력한 후보로 꼽혔다.

비록 조별 예선에선 힘겨운 싸움을 했지만, 이어진 체코와의 경기에선 그들이 자랑하던 그리조와 페드로사가 환상적인 활약을 보여주며 16강행을 확정 지은 것이다.

「[BBC] 밀린코비치—사비치가 말하는 '감독' 벨미르는?」
「[스카이 스포츠] 벨미르, 포르투갈 따위는 무섭지 않다」

16강 첫 경기에서 만날 두 팀은 바로 보스니아와 포르투갈.

무티뉴로서는 얄궂다고 느껴질 상대였다.

조별 예선에서 패배를 안겨준 원지석의 제자, 그 벨미르가 감독으로 있는 보스니아라니.

거기다 벨미르의 건방진 도발마저 있었기에 질 수는 없었다.

거기에 보스니아가 최근 좋은 기세를 보이고 있다지만, 결국 동유럽의 강호일 뿐이다.

우물 안 개구리.

유고슬라비아 시절이라면 몰라도, 지금의 그들에게 이보다 더 적절한 표현은 없겠지.

이제 그 한계를 맞이하고.

우물로 되돌아갈 시간이었을 텐데.

─이럴 수가 있나요!

─경기 종료를 알리는 휘슬! 이변이 일어났습니다!

그리조와 페드로사가 허무한 얼굴로 무릎을 꿇은 모습이 카메라에 잡혔다.

아니, 정신을 차리지 못한 건 그들만이 아니다.

관중석에 있는 포르투갈의 팬들, 그리고 이 경기를 시청하던 포르투갈의 국민들까지.

모두 이 상황을 믿지 못했다.

스코어는 2 : 0.

보스니아의 승리였다.

"으아아!"

곧이어 하늘을 향해 포효하는 벨미르가 보였다.

그건.

이 시대 마지막 폭군의 포효였다.

67 ROUND

질 수 없는 이유

―나는! 결승까지 간다!

으아아!
원지석은 화면 속에서 포효하는 벨미르를 바라보았다.
누구를 겨냥했는지 알 법한 포효였다.
그는 턱을 괸 채 중얼거렸다.
"결승에서 만나자는 건가."
다른 나라, 감독들의 신경을 거리낌 없이 건드리는 게 녀석
답다면 녀석답다. 거기다 포르투갈을 꺾음으로써 입만 살지 않
았다는 걸 증명했고.
"괜히 큰소리를 친 건 아니네."

"그러게요."

함께 경기를 본 케빈이 후한 평가를 내렸다. 그 정도로 벨미르의 준비가 돋보였던 경기였다.

특히 포르투갈의 핵심인 그리조와 페드로사를 상대하기 위해 팀 전체가 하나로서 움직일 때는, 마치 큰 철창을 보는 것만 같았다.

철창 안에 갇힌 포르투갈은.

그대로 무력하게 패배했다.

'세심한 설계야.'

그 마초적인 행동이나 지랄 맞은 성격과는 사뭇 다른 전술이었다.

하기야 선수 시절에도 굉장히 세밀한 수비 스킬을 자랑했었으니까. 그런 점은 감독이 되어서도 다르지 않은 모양이었다.

무티뉴는 경기를 구상하는 설계 싸움에서 패한 것이다.

"거기다 심판의 성향까지 써먹으니까. 귀찮은 놈들이지."

눈살을 찌푸린 케빈이 수염을 긁적였다.

제 버릇 개 못 준다더니.

선수 시절, 한때 벨미르는 트래시 토크로 악명을 떨쳤던 적이 있었다.

이후 원지석의 조언을 받아들이며 적어도 원지석의 지도를 받았을 땐 그런 행동을 졸업했지만, 감독으로서 그 시절의 모습이 언뜻 겹쳐 보이기도 했다.

만약 파울에 엄격한 주심이라면 접촉을 최소화하고, 관대한 주심이라면 거친 몸싸움을 한다.

비겁하다면 비겁한 이 절묘한 선을 보스니아는 기가 막히게 지켰다.

때로는 사람들이 감탄을 터뜨릴 정도로 말이다.

그렇게 플레이를 끊어내니 상대 팀 역시 자연스레 위축되거나, 흥분하며 보스니아의 페이스에 말려들 수밖에 없었다.

"언제까지고 통하진 않겠지만."

"뭐, 결승까지 올라가지 못한다면 무의미한 이야기니까요."

서로 다른 조에 속한 잉글랜드와 보스니아가 만나기 위해선 결승까지 올라가야만 한다. 벨미르가 결승으로 가겠다며 외친 것도 그런 이유였다.

결승에서 박살 내주겠다는 메시지.

어깨를 으쓱인 원지석이 화면을 바꿨다. 이제 잉글랜드에 집중할 시간이었다.

"보스니아는 벨미르가 알아서 하겠죠. 우리는 우리 일이나 잘합시다."

"그럽시다."

"자료 가져올게요!"

코치들이 자세를 다잡았다.

시간은 밤이 되었고, 오늘 훈련을 끝낸 선수들은 마사지를 받거나 회복 기기를 통해 휴식을 취하고 있다지만.

스태프들은 아직 쉴 수 없다.

"커피 마실 사람?"

"아, 저요!"

"나도!"

대머리 코치가 커피 서버를 가져오자 사람들이 빈 머그 컵을 들었다.

취향이 다른 이는 티백을 꺼냈고, 누군가는 에너지 드링크를 가져오기도 했다.

그런 그들의 눈 밑엔 거뭇한 기미가 꼈다. 모두가 적잖은 피로를 느끼는 중이었다.

현 잉글랜드 스태프들 중 대부분이 클럽 출신인 만큼, 그동안의 일정엔 상대적인 여유를 느꼈다. 그러나 대회 개막일에 가까워질수록 이야기는 달라졌다. 본격적인 토너먼트가 시작된 지금은 말할 필요도 없었고.

"방금 보낸 게 오늘 훈련 데이터입니다. 딱히 눈에 띄는 변화는 없어요."

"지금은 그게 더 좋은 거지."

코치가 선수들의 상태를 점검했다. 사실 국가대표 훈련장에서 무언가 극적인 성장을 기대하긴 어려운 일이다. 제프 같은 녀석이 별종인 거였지.

"저희도 딱히 별다른 건 없어요. 제임스가 주책 부린 걸 뺀다면요."

"쑵, 그냥 충고를 해준 거지!"

"그게 수책이야, 넝청아."

곧이어 앤디, 제임스, 킴도 그들이 각자 맡고 있는 선수들에

대한 피드백을 남겼다.

셋은 간단한 코칭과 경험을 통한 멘탈적인 조언을 해주었는데, 그중에서도 제임스가 극성이었다.

시발점은 제프였다.

그 겁쟁이가 무언가를 저질렀다는 게 아니라.

제프를 성공적으로 교정한 이후, 제임스가 근거 없는 자신감에 가득 찬 게 문제였다.

그렇게 이런저런 간섭을 시작하더니, 뜻대로 되지 않자 잔소리를 퍼붓기 시작한 것이다. 덕분에 제임스는 최근 묘한 기피 대상이 되었다.

"원, 딱히 몸에 이상이 있는 녀석은 없습니다. 체력적으로도 완벽해요."

"좋은 소식이네요."

팀닥터의 말에 원지석이 만족스럽다는 듯 고개를 끄덕였다.

준비는 완벽하다.

그러나 안심할 수는 없다.

"잉글랜드 사람이라면 잘 알겠지만, 이번에 패해서는 안 됩니다. 절대로."

원지석이 이렇게까지 경고하는 이유가 있었다.

16강에서 맞붙을 상대는, 다름 아닌 독일이었으니까.

만샤프트.

군단, 혹은 팀이란 뜻을 가진 독일어.

확실히 독일은 그런 별명이 어울리는 팀이었다. 클럽 팀에 맞먹는 조직력, 두터운 선수 풀, 그리고 강인한 정신력까지.

2년 전에 있었던 월드컵에선 영쇄한 모습을 보였다지만… 썩어도 준치라고, 무시하지 못할 저력을 보여주는 팀이었다.

"사실 이런 건 중요하지 않죠."

안경을 고쳐 쓴 원지석이 입가를 쓸었다.

독일.

잉글랜드에서 그 나라가 뜻하는 의미.

이 서로 잡아먹지 못해 안달인 두 나라는 역사적으로나 문화적으로나 앙숙인 관계다.

물론 시대가 시대인 만큼 총칼을 들진 않는다. 대신 그 자존심 싸움이 폭발하는 것 중 하나가 축구였다.

축구에 미친 유럽에서, 축구 종가라 불리는 잉글랜드와 몇 번이나 월드컵을 우승하며 세계 최강국으로 군림한 독일.

국가 간의 라이벌 의식은 상상을 초월한다. 아무리 예전만 못하단 소릴 들어도, 상상 이상의 경기력을 보여줄 수 있는 게 라이벌전이었다.

"갈 길이 멀어요."

결승으로 가기 위해선 넘어야 할 산이 많았다.

그 산 정상에서 제자 녀석이 기다리겠다는데, 첫걸음부터 떼지 못해서야 체면이 서겠는가.

"만약 지기라도 한다면… 우리 모두 템즈강에 들어가는 겁니다."

원지석의 무시무시한 말에 코치들이 침을 삼켰다.

        *   *   *

「[BBC] 모든 잉글랜드인이 기다릴 오늘 밤!」

「[스카이스포츠] 웸블리를 비롯해 런던 시내에 추가 배치될 경찰들」

16강을 앞두고 치안을 위해 경찰들이 대거 투입된다는 소식이 전해졌다.

그만큼 격렬한 경기가 예상되는 가운데, 동시에 홀리건에게 보내는 경고인 것이다.

잉글랜드의 홀리건은 옛날부터 굉장한 악명을 자랑했다.

이를 수습하기 위해 잉글랜드는 오랜 노력을 들였고, 해외 경찰들 역시 잉글랜드의 원정 팬이라면 고운 눈으로 보지 않을 정도였다.

그런 만큼 자국에서 열리는 유로, 그것도 본격적인 토너먼트가 시작되는 와중에 홀리건의 난동은 반드시 피해야 할 상황.

「[키커] '분데스리가의 악몽'을 조심하라」

「[빌트] 독일이 원지석을 무서워해야 하는 스무 가지 이유」

한편, 독일 언론은 유독 잉글랜드의 감독인 원지석을 경계하는 자세를 취했다.

어쩌면.

아직 독일 축구계에서 지워지지 않은 그 이름을 조심스러워하는 걸지도 몰랐다.

분데스리가의 악몽.

언제부터였는지, 독일에서 원지석을 가리킬 때 사용하는 별명.

당시 그가 이끄는 라이프치히는 독일 축구계의 전통을 대놓고 무시한 이질적인 팀이었다.

더군다나 감독 역시 다른 곳에서 이방인이었기에 반감은 더욱 컸다.

그리고 그 이방인은 전설을 남기고 떠났다.

무패 우승이라는, 아직도 깨지지 않은 금자탑.

특히 작은 만샤프트라 불리던 바이에른의 철저한 대척자로서 활동했기에, 그때를 기억하는 사람들에겐 여전히 꺼림칙한 감독일 것이다.

"흐음."

원지석이 가볍게 목을 풀었다. 뻐근한 목을 주무르자 손목에 걸린 팔찌가 소매 속에서 드러났다.

"웬 팔찌냐?"

한 손에 커피를 들고 다니던 케빈이 눈을 빛냈다. 치장하는 걸 좋아하지 않는 녀석이 느닷없이 팔찌라니, 짐작이 가긴 했다만.

원지석은 그 팔찌를 자랑스레 내밀며 웃었다.

"승리의 부적이죠."

"아주 지랄을……."

쯧 하고 혀를 찬 케빈이 커피를 입에 머금었다. 최근 건강을 챙긴답시고 에너지 드링크 대신 커피를 찾았는데, 쓰디쓴 맛이 정신을 차리기엔 좋았다.

그렇게 버스를 타기 위해 훈련장을 나선 순간.

와아아!

잉글랜드! 잉글랜드!

훈련장 밖을 에워싼 사람들의 환호가 크게 울렸다.

단지 그뿐만이 아니라, 몇몇 사람들은 자동차나 오토바이를 이용해 버스를 따라오기도 했다.

"이래야 국가대표 전이지."

버스를 배웅하는 사람들을 바라본 케빈이 만족스럽다는 듯 웃었다. 그런 그가 이상했던지, 옆에 앉은 제프가 고개를 갸웃 거리며 물었다.

"괜찮나요?"

"뭐가?"

"아니, 독일인이잖아요?"

"독일인이지."

"근데 이렇게 좋아해도 되나 싶어서……."

뚱한 얼굴로 수염을 배배 꼬던 케빈은 이윽고 웃음을 터뜨리며 답했다.

"뭐 어때! 잉글랜드가 이기면 우리가 이긴 거고, 독일이 이긴

거면 조국이 이긴 거니까. 그냥 즐기면 되는 거지."

그 말에 제프가 조금 놀란 얼굴이 되었다.

이런 말도 할 줄 아는 사람이었다니, 역시 단순한 또라이는 아닌 모양이었다.

'어?'

그때 무언가를 발견한 제프가 창밖을 바라보았다.

상의를 벗고선 그 몸에 잉글랜드 국기를 페인팅한 사람이 보였다.

흔히 말하던 국가대표 경기는 관심이 덜하다는 말도, 이렇게 보니 헛소리인 것만 같았다.

'겨우 여기까지 왔어.'

배관공으로 일했을 때가 떠올랐다. 몸은 고되지만 차마 축구를 포기할 수 없었던 그 시절이.

그때는 퇴근 후 유니폼을 갈아입는 것만으로 행복했는데, 지금은 조국을 대표하는 선수가 된 것이다.

서 있는 위치가 전혀 달랐다.

'내가 잘할 수 있을까.'

그 위치를 자각하자 덜컥 겁이 났다. 만약 실수라도 한다면?

단순한 16강이 아니다. 오늘 경기의 중요성은 제프 본인이 가장 잘 알고 있었다.

머릿속에선 이미 자신을 비난하는 목소리가 들렸다. 차라리 눈을 감고 머릿속을 비우려던 때, 누군가 이깨에 손을 올렸다.

"괜찮아."

원지석이었다.

"널 믿지 못하겠다면, 날 믿어."

"예, 예⋯⋯."

창백했던 안색이 원래대로 돌아오자, 그는 제프의 머리를 헝클여 준 뒤 다시 자리에 앉았다.

'감독으로선 나쁜 것만도 아니군.'

원지석은 버스 안의 분위기를 느끼며 미소를 지었다.

선수들이 경기에 임하는 마음가짐부터가 달랐다.

특히 이안이나 라이언처럼 승부욕이 강한 선수들은 다른 선수들에게 긍정적인 영향을 끼쳤다.

여기에 제임스, 앤디, 킴처럼 전설적인 선배들이 함께한다면.

감독이 할 일은 그리 많지 않다.

작은 불씨를 붙여주는 것, 그것만으로 충분하다.

"자, 그럼."

버스가 멈춰 섰고.

먼저 일어난 원지석이 선수들을 보며 입을 열었다.

"저 독일 놈들을 집에 보내줄 시간이다."

＊　　　　＊　　　　＊

「[BBC] 잉글랜드의 '손쉬운' 승리!」

「[키커] 석패! 아쉽게 짐을 싼 만샤프트!」

경기는 이안과 리암이 한 골씩을 적립하며 잉글랜드의 승리로 끝났다.

잉글랜드 언론 쪽의 호들갑과는 달리 쉽지만은 않은 경기였다. 특히 경기가 끝날 때까지 독일 선수들이 보여준 투지엔 원지석마저 박수를 보낼 정도였다.

"양 팀 모두 좋은 경기를 보여줬습니다. 이겨서 기쁘군요."

뭐, 템즈강에 들어가지 않아도 된다는 게 기쁘기도 했고.

원지석은 이후 잉글랜드 선수들을 칭찬하며 인터뷰를 마무리 지었다.

어찌 됐건.

현재 잉글랜드의 분위기는 축제나 다름없었다.

8강에 오른 것도 좋았지만, 무엇보다 기쁜 건 그 꼴 보기 싫은 독일 놈들이 16강에서 떨어졌다는 거다. 다름 아닌 잉글랜드에게!

감독으로서는 선수들이 너무 풀어지지 않도록 주의해야겠지만, 덕분에 선수단의 사기는 최고인 상황.

「[스카이스포츠] 8강에서 벨기에를 만날 잉글랜드」

한편 잉글랜드의 8강 상대가 정해졌다.

벨기에.

지난 월드컵 4강에 오른 다크호스를 말이다.

벨기에는 어린 유망주들의 해외 진출을 적극적으로 지원했다. 여기엔 황금 세대라 불린 2010년대의 성공이 밑바탕이 되었는데, 해외 진출을 꺼리는 잉글랜드 선수들과 사뭇 다른 모습이었다.

"물론 항상 좋은 결과만 거둔 건 아니지만."

원지석의 말처럼.

이후 벨기에는 기대만큼 성장하지 못한 유망주들과 함께 쇠락에 접어들었다.

그랬던 그들이 부활을 알린 게 2년 전이다.

새로운 황금 세대는 사람들의 예상을 비웃듯이 월드컵 4강이라는 성적을 거두었고, 결국 이곳 런던까지 왔다.

'우직한 녀석들이군.'

원지석은 스카우트 팀에서 올린 자료들을 검토하며 생각에 잠겼다.

딱히 이렇다 할 정답이 없을 상대였다.

지금까지 잉글랜드가 상대한 팀들은 각자의 개성을 가지고 있었다.

과감한 공격으로 기회를 만든 체코, 두 명의 슈퍼 플레이어가 팀을 이끌었던 포르투갈, 극단적인 수비의 오스트리아, 엄청난 조직력을 자랑한 독일.

반면 벨기에는 뚜렷한 색이 없다.

물론 그게 약하단 소리가 아니다.

'편법은 안 통한다는 소리니까.'

기본이 튼튼한 팀은 쉽게 무너지지 않는다. 그들은 그걸 월드컵에서 증명했다.

턱을 괴며 고민하던 원지석은 귓속을 파고드는 소리에 눈살을 찌푸렸다.

소파에 누운 케빈이 큰 화면으로 경기를 보고 있었다.

"뭐 해요?"

"염탐."

일도 안 하고 뭐 하냐는 말에 케빈이 신경 쓰지 말라는 듯 손을 내저었다.

대체 뭘 보는 건가 싶었더니, 이탈리아의 경기였다.

―이탈리아의 슈우웃! 골문을 벗어납니다!

―크게 아쉬워하는 오르텐시오 감독!

"엿같은 새끼."

화면 속에 오르텐시오가 잡히자 케빈이 욕지거릴 내뱉었다. 아직도 서로 간의 앙금이 풀리지 않은 듯싶었다.

"슬슬 화해할 때도 되지 않았어요?"

"미쳤냐? 절대, 죽어도 안 해."

상상만으로 불쾌해졌는지 케빈이 닭살 돋은 팔을 벅벅 긁었다. 모든 사람이 경악하는 또라이에게도 천적은 있게 마련이었다.

그 모습에 피식 웃은 원지석이 함께 화면을 보았다.

군이 이탈리아의 경기를 지금 볼 필요가 있겠냐만, 전혀 상관없는 이야기는 아니다.

8강에서 벨기에를 꺾는다면.

오늘 경기의 승자와 4강에서 만나기 때문이다.

―고오올! 마침내 터지는 골! 누가 넣은 거죠?

―프란체스코! 선제골을 넣은 건 이탈리아의 프란체스코입니다! 이번 대회에서 벌써 4번째 골을 기록하는군요!

―이 선수 정말 수비수가 맞나요?!

때마침 이탈리아의 골이 터졌다. 역시라고 해야 할지, 이번에도 골을 넣은 녀석은 프란체스코였다.

"잘하네. 잉글랜드 놈들의 배알이 꼴릴 만큼."

"하하……."

신랄한 말에 원지석이 쓴웃음을 지었다.

타국인인 그들로서는 그 배신감을 느끼기 힘들지만, 잉글랜드의 적잖은 사람들이 프란체스코에게 이를 갈고 있었다.

만약 이탈리아와 잉글랜드가 맞붙게 된다면, 어마어마한 야유가 쏟아지겠지.

덕분에 독일전만큼이나 뜨거울 경기로 예상되는 이탈리아전이었다.

'잘하긴 잘해.'

팀의 공격과 수비를 책임지는 선수.

이렇게 말하면 포르투갈의 그리조와 페드로사를 떠올리게 하지만, 말처럼 쉽지만은 않았다.

축구는 팀 경기고.

오르텐시오는 그 점을 잘 알고 있는 감독이었다.

―압박을 당하는 프란체스코! 아니, 의도적으로 자신에게 집중시키는 건가요?!

―덕분에 이탈리아 선수들이 자유롭게 뛰고 있어요!

프란체스코는 피리 부는 사나이처럼 상대 팀을 끌어오며 동료들에게 공간을 만들어주었다.

쾅!

그리고 압박을 무용지물로 만드는 단 한 번의 롱패스.

아주 멋진 패스가 동료의 발끝에 도달했다.

―추가골을 터뜨리는 이탈리아!

―사실상 프란체스코가 만든 골이나 다름없습니다!

경기는 그렇게 이탈리아의 승리로 끝났다. 그들이 먼저 4강에 오른 것이다.

낭연하다면 당연히게도, 오늘 경기 최우수선수로는 프란체스코가 선정되었다.

―사랑하는 잉글랜드에겐 미안하지만, 아, 보스니아에게도 미안한 말이지만!

인터뷰를 하던 프란체스코가 짓궂은 미소를 지었다.

―두 나라에게 질 거란 생각은 들지 않네요. 잉글랜드 대신 벨기에가 올라올지도 모르니, 세 나라라고 할까요?

"하하, 당돌한 새끼일세."

케빈이 어이가 없다는 듯 수염을 긁적였다.

말은 안 했지만 원지석 역시 비슷한 소감이었고.

굳이 사랑한다는 수식어를 덧붙인 것도, 도발의 일종이겠지.

생각보다 더 귀찮은 녀석이었다.

"설마 기름을 부을 줄은."

원지석이 자기도 모르게 입가를 쓸었다.

안 그래도 칼을 갈고 있을 훌리건들에게 표적이 되기 딱 좋은 멘트였다. 어쩌면 이탈리아의 숙소 보안이 더 엄격해졌을지도 모르겠다.

"그래서 일은요?"

"보채기는, 자."

투덜거린 케빈이 정리된 자료를 건넸다. 이미 일을 다 끝내고 경기를 본 것이다.

"하여간······."

자료를 건네받은 원지석이 순서가 잘못되었다며 한숨을 쉬었다.

＊　　　　＊　　　　＊

"이쪽으로! 빨리!"

이안의 외침에 잉글랜드의 측면미드필더가 움찔하며 그쪽을 보았다. 하지만 타이밍이 어긋났는지, 이미 몇 명의 벨기에 선수가 이안을 둘러싼 뒤였다.

"빨리 안 주고 뭐 하냐!"

라인을 뚫으려던 이안이 탄식했다.

맞다. 이게 일반적인 국가대표 경기였지.

이안은 복잡한 눈으로 벤치 쪽을 바라보았다. 오늘따라 습관처럼 하는 행동이었다.

그럴 만도 한 게.

거기엔 리암과 제프가 있었으니까.

―이안이 답답함을 토하는군요? 외로움마저 느끼는 거 같습니다.

―네, 아무래도 잉글랜드의 공격을 홀로 이끈다는 게 쉬운 일은 아니니까요. 거기에 벨기에의 수비가 견고하기도 해요.

오늘 잉글랜드의 선발 라인업이 발표되며 사람들은 자신의 눈을 의심했다.

제프와 리암의 부재.

원지석이 부임한 이후, 삼 사자 군단의 핵심이라 할 수 있는 선수 중 둘이 자리를 비운 것이다. 특히 그의 페르소나라 불리는 리암마저 빠질 줄은 예상하지 못했고.

"이유는 알겠다만……."

땀을 한 번 훔친 이안이 한숨을 쉬었다.

"생각보다 빡세네."

당연하면 당연하게도, 잉글랜드 선수들은 전술에 대한 설명을 미리 들었기에 딱히 놀라울 건 없었다.

사실 이안으로서는 나쁜 이야기가 아닌 게, 그의 본 포지션은 중앙 공격수다. 이게 더 익숙한 옷이라는 소리였다.

그러나 상황은 녹록지 않았다.

기쁨에 잠시 잊고 있었다만, 이 벨기에의 새로운 황금 세대라는 놈들, 상상 이상으로 뛰어나다.

개개인의 실력도, 팀으로서의 모습도 잉글랜드에 부족하지 않을 정도로.

'그러니 4강 문턱이라도 밟았지.'

반면 잉글랜드는 지난 월드컵에서 예선 탈락이라는 치욕을 겪었다. 당시 삼 사자 군단의 유니폼을 입었던 이안에겐 쓰라린 경험이었다.

'리암이 들어오려면 멀었나.'

이안은 리암의 빈자리를 뼈저리게 느꼈다.

자신의 움직임을 읽어주고, 거기에 맞춰주는 존재가 이렇게 소중할 줄이야.

제프?

있을 때나 없을 때나 골만 박고 사라지는 녀석은 그다지 신경 쓰고 싶지 않았다.

—전방 압박을 강하게 하는 벨기에! 많은 선수가 올라갔습니다!

—지금이 기회라는 걸 알고 있어요!

벨기에 역시 원지석의 생각대로 놀아주지 않겠다는 듯 공격적인 모습을 보였다. 무슨 꿍꿍이인지는 몰라도, 먼저 골을 넣겠다는 의지가 가득했다.

—벨기에의 슈우웃!

—막았습니다! 온몸으로 막아내는 존 모건!

—몸을 아끼지 않는 수비로 팀을 구해냅니다!

수비에선 센터백인 존 모건이 고군분투하는 중이었다.

오늘 전술은 무실점이 굉장히 중요했기에, 그를 비롯한 수비진은 필사적으로 몸을 던졌다.

"흠."

원지석은 팔짱을 낀 채 경기의 흐름을 지켜보았다. 리암과 제프를 대신해 수비적인 선수를 넣은 건 나쁘지 않은 선택이었다. 존 모건의 지시를 따라 움직이며, 헌신적으로 움직이는 둘은 벨기에에게 적잖은 부담이 되었다.

"야, 슬슬 변화를 줘야 하는 거 아니냐?"

"그래야죠."

마침 케빈도 같은 생각을 했는지, 그 제의에 원지석이 고개를 끄덕였다.

사실 처음 생각했던 건 정공법이었다.

잉글랜드도 가장 강한 전력을 꾸려 정면에서 부딪치는 방법.

그러나 원지석은 그 방법을 포기하고 다른 전술을 찾았다. 체력적인 문제가 발목을 붙잡았기 때문이다.

"리암! 몸 상태는 어때!"

"괜찮아요!"

"좋아. 나와서 몸 풀어."

"히히, 네!"

함박웃음을 지은 리암이 조끼를 벗어 던지곤 가볍게 몸을 풀기 시작했다.

독일전에서 엄청난 거리를 뛴 리암은 근육 피로를 호소했고, 원지석은 팀닥터의 의견을 수용해 회복 훈련을 진행시켰다. 다행히 부상은 아니었지만, 혹시 몰라 벤치에서 경기를 시작한 것도 그런 이유였다.

제프가 빠진 것도 여기서 크게 벗어나지 않았다.

제프와 이안이 공존할 수 있는 건 전적으로 리암 덕분이었다.

어떤 선수와도 능숙한 호흡을 맞추는 게 가능한 녀석이 빠진다면, 둘의 공존도 자연스레 붕괴한다.

여기서 원지석은 제프 대신 이안을 선택했다. 당연한 선택이었다.

제프는 동료의 퀄리티에 따라 본인의 퍼포먼스도 크게 달라지는 선수다.

이에 반해 이안은 팀의 공격을 혼자 이끌 수 있다.

제프로서는 불가능한 능력이었고, 아직 골을 넣지 못했다지만 그 능력을 충분히 발휘하고 있었다.

—어느새 경기도 60분이 되었군요.

—아, 잉글랜드 쪽에서 교체를 알립니다.

—리암! 리암이 들어오네요!

와아아!

모든 준비를 끝낸 리암이 대기심 옆에 서자 잉글랜드 팬들이 소리를 질렀다.

원래부터 많은 사랑을 받던 녀석이지만, 오늘 경기를 통해 얼마나 소중한 선수인지를 새삼 깨달은 듯싶었다.

"왔냐."

"응. 힘들어 보이던데?"

"누가?"

피식 웃은 둘이 주먹을 맞댔다.

그렇게 리암이 들어가고.

얼마 지나지 않아 이안의 골이 터지며 그날의 결승골이 기록되었다.

＊　　　＊　　　＊

「[BBC] 이안의 골! 힘겨운 승리를 거둔 잉글랜드!」

「[스카이스포츠] 원지석, 리암의 컨디션에 문제가 있었다」

골을 넣은 이안은 이후 체력 안배를 위해 제프와 교체되었으며, 경기는 추가골 없이 마무리가 되었다.

"아주 힘든 경기였습니다. 이번 대회에서 가장 힘든 상대였어요."

단순한 립 서비스가 아니다. 원지석은 이번 벨기에전을 준비하며 적지 않은 스트레스를 느꼈다. 핵심 선수가 빠져야 되는 상황이라 더욱 그랬을지 몰랐다.

"전반전에 위험했던 순간이 몇 번 있었습니다. 만약 실점이라도 했다면 어떻게 하실 생각이셨나요?"

한 기자의 질문에 원지석이 어깨를 으쓱였다.

"글쎄요. 그랬다면 매우 난감했겠지만, 그러지 않기 위해 제가 있는 거니까요."

아무 대책 없이 리암을 뺀 게 아니다. 벨기에 감독의 전술, 선수들의 성향, 수비적인 상황에서 어떻게 대응할지를 모두 파악하고 있었기에 가능한 거였지.

"리암은 정상적인 컨디션이 아니었습니다. 만약 녀석을 처음부터 선발에 넣었다면, 결과는 달라졌을 수도 있겠죠."

그는 가장 적절한 순간을 위해 무엇을 해야 하는지 알고 있었을 뿐이다.

그렇게 잉글랜드는 4강에 올라섰고.

원지석은 곧바로 이탈리아전에 몰두했다.

상대 팀의 핵심은, 두말할 것 없이 그 녀석이었다.

「[더 선] '역적' 프란체스코가 온다!」

「[미러] 독일전보다 중요한 경기라 주장하는 잉글랜드의 전설!」

잉글랜드를 엿 먹이고 이탈리아로 떠난 탕아가 다시 돌아왔다. 대회가 시작할 때만 하더라도 설마 하던 일이 눈앞에 다가오자, 여론은 무섭도록 뜨거워졌다.

"역적에게 진다면 우리는 죽일 놈이 되는 거다."

원지석은 SNS에서 프란체스코에 대한 반응을 프린트해 훈련장에 붙여놓았다.

선수들에게 경각심을 주기 위해서였다.

"이안, 제프!"

"네, 네!"

"네."

감독의 호명에 두 선수가 대답했다.

제프가 바짝 긴장했다면, 이안은 차분했다.

"너희 둘은 투톱으로 선다. 지금까지처럼 이안이 측면공격수처럼 뛴다는 게 아니야. 두 명 모두 페널티에어리어 근처에서 기회를 노리는 거다."

"좋죠."

이안이 만족스러운 얼굴로 고개를 끄덕였다.

지난 벨기에전도 그랬지만, 그가 가장 선호하는 위치는 중앙이다.

실제로 소속 팀인 리버풀에서나, 벨기에전에서나 중앙에서 가장 뛰어난 퍼포먼스를 보였고 말이다.

"내가 그 선수와……."

제프가 침을 꿀꺽 삼켰다.

코치들과 함께 봤던 이탈리아의 경기.

그중에서도 빼어났던 프란체스코의 퍼포먼스를 아직도 잊지 못한다.

"진형은 442로 간다. 이탈리아가 건 빗장을 상대로 지공을 시도하는 건 자살행위나 마찬가지야. 미드필더들은 페널티에어리어를 향해 직접 공을 보내."

원지석은 계속해서 전술을 설명했다.

프란체스코 같은 선수를 공략할 때의 정석은 바로 공을 잡지 못하게 하는 거다.

극단적으로는 백댄서처럼 한 선수를 둘러싸 압박하기도 하며, 확실히 통하기만 한다면 가장 효과적인 방법이었다.

다만.

실패한다면 그만큼 큰 대가를 치러야 한다. 8강에서 이탈리아를 상대로 이 방법을 쓴 그리스처럼 말이다.

현재 그리스 국가대표팀은 피리 부는 사나이의 쥐 새끼가 되었다며 자국 언론들의 조롱을 받고 있었다.

"그렇다고 마냥 겁먹을 필요는 없어."

원지석이 홀로그램을 터치하자 잉글랜드의 왼쪽 풀백이 반짝였다.

즉, 라이언이 말이다.

"검투사가 날뛸 차례다."

그동안 수비적인 롤만 맡았던 검투사가 달릴 시간이었다.

*　　　　*　　　　*

이탈리아는 이번 대회에서 가장 적은 실점을 자랑하는 팀이다. 수많은 나라가 그들의 골 망을 흔들기 위해 사력을 다했고, 성공한 팀은 그리 많지 않았다.

그런 팀을 상대로 원지석은 두 명의 공격수를 꺼냈다.

이안과 제프.

이 둘을 어떻게 조합하느냐에 따라 잉글랜드의 운명이 달라진다.

'그래서 어떻게 하느냐.'

원지석은 훈련장에서 호흡을 맞추는 둘을 보며 안경을 고쳐 썼다.

단순히 프란체스코를 주의한다고 해서 해결될 문제가 아니 다.

오르텐시오는 자국 리그인 세리에 A를 중심으로 스쿼드를 개편했다.

당장 프란체스코만 해도 유벤투스 소속이었고, 해외 리그에 서 활약하는 선수들까지 포함하며 전체적인 퀄리티를 높이는 데 심혈을 기울였다. 때문에, 일반적인 원맨팀과는 거리가 있었 다.

그렇다면 이쪽도 그에 맞춰 준비해야겠지.

"우워어!"

쾅!

라이언 특유의 대포알 크로스가 쏘아졌다.

"으어?!"

생각보다 빠른 공에 당황하면서도 제프가 공을 받았다. 하 지만 곧 원지석의 불호령이 떨어졌다.

"움직임이 안 맞잖아! 이탈리아 애들이 픽이나 놓쳐주겠다!"

"죄, 죄송합니다."

제프가 우물쭈물한 얼굴로 고개를 숙였고, 함께 혼난 라이 언은 굳은 얼굴로 코 밑을 긁었다.

"다시."

문제가 있다면 이거다. 의외로 라이언과 제프의 움직임이 맞질 않는다는 거였다.

크게 티가 나진 않았지만, 이탈리아의 견고한 수비를 뚫기 위해선 꼭 지적해야 할 점이었다.

"서로 상극인 성격이니……"

원지석은 골치가 아프다는 듯 한숨을 쉬었다.

물과 기름 수준이 아니다. 사자와 쥐새끼, 포식자와 피식자의 관계에 가까웠다.

지금까지는 이안이 측면으로 빠지며 라이언과 유기적인 움직임을 이뤘으니 문제 될 게 없었다만, 이번 경기에선 중앙으로 위치를 옮기기에 바꿔야만 한다.

'매번 이안을 통한다면 늦어.'

잠깐의 딜레이를 줄이는 것만으로 다른 결과를 만들 수 있다.

더군다나 이번 경기에선 라이언의 역할이 중요한데, 그 패턴이 뻔하다면 프란체스코의 먹잇감이 될 뿐이다.

"앤디! 제임스!"

원지석이 코치 두 명을 추가로 불렀다.

다른 선수들을 봐주던 둘은 곧바로 다가왔고, 원지석은 라이언이 있는 훈련장 안쪽을 가리켰다.

"항상 하던 것만 해."

"네."

앤디가 고개를 끄덕였다. 함께한 시간이 시간인 만큼, 많은 말은 필요하지 않다.

"제프, 저 녀석들이 하는 걸 잘 봐둬. 어떤 타이밍에 뛰는지, 어떻게 움직이는지."

원지석의 말에 제프는 조용히 고개를 끄덕였다.

이윽고 준비를 끝낸 앤디가 눈앞에 선 라이언을 보며 쓴웃음을 지었다.

"설마 이런 일이 생길 줄은……."

친구이자 한때는 동료였던 선수.

아직 현역으로 뛴다는 것만 해도 대단한데, 이제는 코치로서 친구의 훈련을 도와준다니, 솔직히 말해 믿기질 않았다.

마치 혼자 시간이 멈춘 것처럼.

라이언은 이곳에 서 있었다.

고개를 돌려 골문 쪽을 보니 제임스와 킴이 보였다. 은퇴 전에는 일상이었던 모습인데, 과거를 되새기니 감회가 새로웠다.

"그럼 갈게."

"라이언도 준비됐다!"

신호와 함께 라이언이 천천히 발걸음을 뗐고, 조금씩 빨라지는 속력에 맞춰 정확한 스루패스가 보내졌다.

제임스가 킴을 따돌리며 손을 든 것도 동시였다.

쾅!

방금처럼 강렬한 얼리크로스가 전방을 향해 쭉 뻗어졌다.

"이 정도쯤이야."

뒤따라온 킴이 계속해서 압박을 걸었지만 제임스는 자세를 잃지 않았다. 침착하게, 그대로 슛. 공은 아름다운 포물선을 그리며 골 망을 흔들었다.

"와."

"후후, 더 우러러보라고."

제프의 감탄에 제임스가 어깨를 으쓱이며 스스로를 뽐냈다.

저 주책맞은 행동 때문에 가끔 잊기도 하는데, 잠깐의 시간, 적어도 훈련장에서 이들보다 잘하는 선수들은 없었다. 괜히 전설이 아닌 것이다.

그 존경스러운 눈빛이 마음에 들었는지 제임스의 어깨는 더욱 올라갔고, 잘난 척의 희생양이 된 킴이 혀를 찼다.

"어깨 뽕 터지겠다, 새끼야."

"야, 화났냐? 응? 으끄 뽕 트즈굿드."

"아오……."

티격태격하는 둘을 뒤로한 채 원지석은 제프에게 말을 걸었다.

"어때. 좀 알겠니?"

"음, 솔직히 잘 모르겠어요."

"괜찮아. 모르면 알 때까지 보면 되니까."

원지석이 카메라를 들고 있는 코치들을 보았다. 모든 각도에 카메라를 설치하고, 하늘에는 드론까지 띄워서 촬영했기에 방금의 움직임은 완벽히 녹화된 터였다.

"선수마다 동료와 호흡을 맞추는 방법이 다르거든. 항상 신호를 주고받지도 않지."

찰나의 순간, 서로 신호를 주고받는 건 쉬운 일이 아니다.

더군다나 상대 선수에게 신호를 읽힐 수도 있기에, 동료들의 습관을 외우거나, 최고의 선수들은 느낌만으로 통할 때가 있다.

"너는 너만의 방법을 찾으면 돼."

그렇게 라이언과 제프의 호흡 맞추기는 계속되었다.

그러는 사이.

할 일을 끝낸 앤디와 제임스는 처음 그들이 있던 곳으로 돌아왔다.

그곳엔 사람 모형의 철제 세트를 놓은 리암이 세트피스를 연습하던 중이었다.

"아, 오셨어요?"

둘을 발견한 리암이 빠릿하게 움직이면서도 쩔쩔매는 모습을 보였다. 그들은 국가대표 선배이기 이전에, 첼시 선배들이었기 때문이다.

특히 리암은 유소년 클럽에 들어갈 때부터 그들의 전설적인 명성을 듣고 자랐기에 부담감은 더욱 컸다.

그중에서도 제임스를 어려워했는데.

"야, 너 아직도 이런 거 하나 못 하냐?"

선배 중에서도 가장 갈구는 사람이었으니 그럴 수밖에.

제프의 경우처럼, 제임스는 자기 마음에 든 선수를 혹독히 다루는 경향이 있었다. 그게 팀에서 가장 기대받던 유망주라면 말할 것도 없고.

계속되는 갈굼에 리암의 초점이 흐려지자, 결국 보다 못한 앤디가 제동을 걸었다.

"제임스, 너무 뭐라 하지는 마."

"앤디 형……."

자신을 두둔해 주는 앤디를 보며 리암이 코를 훌쩍였다. 어릴 때부터 멘토링을 해준 앤디와의 관계는 나쁘지 않은 편이었다.

"그냥 현역 복귀할래?"

"그러게요. 답답한데 내가 뛸까요?"

"감독님, 그런 말 하면 얘는 진심으로 생각해요."

확인차 들른 원지석의 농담에 앤디가 정색을 표했다.

모두에게 휴식을 준 원지석은 몰골이 초췌해진 리암의 어깨에 손을 올리며 말했다.

"너무 걱정하진 마. 너는 그때 그 코흘리개 꼬마가 아니라, 잉글랜드를 대표하는 주장이니까."

그 말을 남기고서 떠나는 원지석의 뒷모습을 멍하니 보던 리암이 주먹을 꾹 쥐었다. 이후, 모든 훈련 세션을 훌륭히 소화한 그는 제임스의 입을 다물게 만들었다.

그리고 마침내.

경기 당일.

운명의 날이 찾아왔다.

"역적이냐, 영웅이냐."

원지석은 모든 준비를 끝냈다.

＊　　　＊　　　＊

오늘 경기는 맨유의 홈구장인 올드 트래포트에서 치러진다.

잉글랜드와 이탈리아의 킥오프가 가까워질수록, 맨체스터 시내는 긴장감이 맴돌았다. 숨을 죽이고 있다는 게 맞았다.

지금이야 감정을 억누르고 있다지만, 누가 신호탄을 쏜다면 당장 전쟁을 치를 준비가 되어 있었다.

"좆같은 유다~ 유다~ 좆같은 오스틴~!"

"원지석이 말했지~ 근본 없는 유다 새끼는 지옥에 떨어질 거라고~!"

먼저 도발한 건 잉글랜드 쪽이었다.

당연하면 당연하게도 그들의 표적은 프란체스코 오스틴이었는데, 자국 국가대표팀의 핵심 선수가 모욕당하자 이탈리아 측에서도 발끈하는 기색을 보였다.

"얼마나 거지 같은 나라면 이탈리아로 왔겠어."

"난 지금 알 거 같은데. 이건 사람 먹는 게 아니라 개밥인가?"

여기는 잉글랜드의 홈그라운드다. 그걸 되새기며 분을 삭이는 사람도 있는 반면, 결국 분을 참지 못하고 충돌하는 사람도 있었다.

삐이익!

다행히도 기마경찰이 상황을 정리하며 폭력 사건으로 이어지진 않았다. 일찍이 당국으로부터 유혈 사태를 경계하라는 명령이 떨어졌기 때문이다.

흩어지는 사람들을 보며 경찰 한 명이 한숨을 쉬었다.

"어째 독일전보다 사람들이 곤두서 있군. 만약 이탈리아한테 지기라도 한다면⋯⋯."

"거참, 재수 없는 소릴!"

한 경찰이 말끝을 흐리자 다른 경찰이 몸서리를 쳤다.

경기가 시작하기 전인 지금만 해도 이런데, 만약 지기라도 한다면?

상상만으로 간담이 서늘한 상황이었다.

"우리는 우리 할 일이나 잘하자고."

"그래야지. 이탈리아 선수들이 타고 올 버스 쪽은 주의하라고 해야겠어."

경찰들이 피곤한 얼굴로 몸을 돌렸다.

잉글랜드에서 개최하고, 잉글랜드에서 주관하는 대회에서 집주인의 체면을 구길 순 없었다.

덕분에 라디오나 모바일 중계도 보지 못하게 된 그들은 모든 원인인 프란체스코를 저주하며 떠났다.

한편.

그 역적은 지금.

원지석의 눈앞에 있었다.

"⋯⋯."

'뭐야?'

원지석은 이 기묘한 상황이 좀처럼 이해가 가질 않았다. 벤치로 가기 위해 터널을 향하고 있었는데, 반대편 복도에서 나타난 프란체스코가 굳은 얼굴로 다가온 것이다.

그러고선 이 정적의 대치가 이어졌다.

"뭐야, 시비 거는 건가?"

뒤에 있던 케빈의 얼굴이 험악해질 때쯤.

프란체스코가 방긋 웃으며 달려들었다.

"반가워요! 만나고 싶었어요!"

"뭐? 아니, 잠깐. 다가오지 말고."

원지석이 포옹을 시도하는 프란체스코를 질색하며 밀어냈다. 갑자기 왜 이래?

놀란 건 그 혼자만이 아니라 뒤에 있던 잉글랜드 코치들 역시 마찬가지였다.

그들 모두 눈을 끔뻑 떴는데, 갑작스러운 상황에 현실을 인식하지 못한 모양이었다.

얼마 전에 있던 인터뷰에선 거침없이 신경전을 벌이더니, 갑자기 반갑다며 포옹을 한다. 적어도 이게 정상적인 반응이 아니라는 건 알았다.

"하아, 저질렀네."

그때 프란체스코를 찾아다닌 오르텐시오가 한숨을 쉬며 나타났다.

으르렁거리는 케빈을 가볍게 무시한 그는, 아무래도 이런 일을 예상한 듯 원지석에게 웃으며 인사를 건넸다.

"아, 놀랐죠? 아무래도 이런 녀석이라 생각하기 쉽진 않으니까."

프란체스코의 귀를 잡아당기며 둘을 떨어뜨린 오르텐시오가 입맛을 다셨다.

가능하면 알리고 싶지 않았던 점이었는데.

"이대로 사라지면 저까지 이상한 취급을 받으니, 사실대로 말하자면 말입니다."

"아니, 너 이상한 놈 맞잖아."

케빈의 딴죽을 무시한 오르텐시오가 머리를 한 번 긁적이고선 말을 이었다.

"여러분들이 생각하셨을 신경전이니 심리전이니, 사실 아무것도 아니었어요."

"네?"

"그러니까……."

두 손으로 자신의 얼굴을 덮은 그가 말을 끝맺었다.

"그냥 분위기 못 읽는, 눈치 없는 놈이란 겁니다."

이탈리아가 숨겨둔 비밀이 밝혀지는 순간이었다.

*   *   *

"별 미친놈을 다 보겠네."

벤치에 앉으며 케빈이 한 말에 다른 코치들도 무언의 긍정을 표했다.

그러니까.

경기나, 인터뷰에서 상대방을 도발하던 스킬로 생각하던 게 사실은 순수한 진심으로 나왔다는 게 아닌가.

'사실 원 감독님이 이탈리아에 왔으면 더 좋았겠지만요!'

'하하.'

이후 프란체스코는 사실 원지석을 매우 존경한단 쓸데없는 정보마저 입수한 후 풀려날 수 있었다.

상처 입은 오르텐시오를 떠올리자 프란체스코가 조금 마음에 든 케빈이었다.

우우우!

그때 올드 트래포트를 가득 메우는 야유 소리가 울렸다.

양 팀 선수들이 터널을 통해 그라운드에 들어오고 있었는데, 야유가 향하는 곳은 당연히 프란체스코였다.

ㅡ아, 어마어마한 야유군요.

ㅡ경기가 시작하기 전부터 두 나라의 신경전이 이어졌죠?

자신에게 쏟아지는 저주에도 프란체스코의 표정은 밝아 보였다. 그게 카메라를 통해선 야유를 즐기는 것처럼 보였지만, 이젠 그게 아니라는 걸 원지석은 안다.

아마 아까 있었던 일을 곱씹으며 웃고 있지 않을까.

오늘 일로 추측하건대, 자기 때문에 두 나라의 국민들이 싸우는 것도 신경 쓰지 않을 가능성이 농후했다.

그래도 이런 살 떨리는 일을 여유롭게 넘기다니, 난놈은 난
놈이었다.

"아깐 못 볼 꼴을 보여 드렸네요."

"뭘요. 그럴 수도 있지."

머쓱한 얼굴로 손을 내미는 오르텐시오와 악수를 하며 원지
석이 쓴웃음을 머금었다.

방금 있었던 일은 감독으로서 산전수전을 다 경험한 그로서
도 전혀 예상하지 못했었다.

"그래도 경기가 끝나고 웃는 건 제가 될 겁니다."

"글쎄요. 동전 점괘가 잘 나왔나 봐요?"

"하하, 그런 건 언제 졸업했는데요."

복도에서 있었던 우스꽝스러운 일이 거짓말인 것처럼, 두 사
람의 분위기는 절대 가볍지 않았다.

세계 최고의 감독이라 불리는 두 사람의 대결.

사실상 이번 대회의 결승전으로 꼽히는 매치가 곧 시작된다.

─양 팀의 라인업을 살펴보겠습니다. 먼저 잉글랜드는 4312 포
메이션을 꺼냈군요?

─네. 지난 벨기에전처럼 중앙을 노릴 거 같은데, 아무래도 원
지석 감독이 준비한 프란체스코 공략법으로 보입니다.

평소 442를 쓰던 잉글랜드는 윙어를 빼고 세 명의 중앙미드
필더를 두었다. 그리고 공격형미드필더 자리엔 리암을, 투톱엔

제프와 이안을 두며 골을 노렸다.

─이에 맞서는 이탈리아입니다. 쓰리백이군요.
─네. 343 포메이션으로, 프란체스코의 움직임에 따라 시시각
각으로 변하기에 정확한 규정은 어려워요.

"후우, 후우."
제프가 하프라인 건너편에 있는 프란체스코를 보았다. 세계
에서 가장 뛰어난 수비수가 저기 있었다.
뚫을 수 있을까.
골을 넣을 수 있을까.
이길 수 있을까?
"……."
부담감이 커질수록 그의 눈에 점점 짙은 음영이 들어갔다.
삐이익!
마침내 주심의 휘슬이 킥오프를 알렸다.
시작은 잉글랜드의 공격이었다.
중원에서 가볍게 공을 돌리던 그들은 동시에 속력을 올리며
공격에 박차를 가했다. 훈련을 통해 약속됐던 플레이였다.
"이안!"
리암의 빠른 패스가 허공을 갈랐다. 이안은 뒤를 돌아보지
도 않은 채 센터백들 사이를 침투하는 중이었다.
'역시 리암이야.'

따로 신호를 주지 않아도 알아서 패스를 찔러주지 않는가.

물론 순순히 당할 이탈리아가 아니다. 이렇게 순순히 기회를 내줘선 카테나치오란 말이 울 테니까.

"안녕, 이안. 오랜만이네?"

프란체스코가 이안을 압박하며 천연덕스럽게 말을 걸었다.

잉글랜드의 미래를 이끌 거라 기대를 모았던 두 사람답게, 둘의 인연은 청소년대표팀에서 시작되었다.

"꺼져."

"매정하긴!"

이안이 떫은 감을 씹은 사람처럼 얼굴을 구겼다.

그는 프란체스코의 본질을 아는 얼마 안 되는 사람이었다. 심지어 언론 앞에선 조금이나마 내숭을 떠는 것과 다르게, 어릴 때의 인연에겐 그런 것도 없었으니.

"그런데 요즘 잉글랜드하면 제프를 떠올리더라고? 괜찮아? 상처받진 않았어?"

"나는 네가 데니스보다 더 좆같아, 새끼야."

"아, 데니스는 잘 지내?"

"쯧, 지옥에 가서 물어봐."

이안이 혀를 찼다.

악의가 없었기에 더욱 짜증 나는 놈이었다.

그럼에도 그는 프란체스코가 이탈리아로 떠날 때 매우 실망했던 사람 중 하나였다.

한때는 함께 삼 사자 군단의 유니폼을 입길 바랐기에 그랬을

지도 몰랐지만.

지금은 서로 다른 유니폼을 입고 싸운다.

'개새끼.'

그렇기에 지기 싫었다.

아랫입술을 깨문 이안이 순간적으로 어깨를 넣으며 몸싸움을 벌였다. 곧 공이 떨어지기 때문이다.

"거칠다?"

"이탈리아에서 노느라 약해졌나 보지."

이죽거린 이안이 떨어지는 공을 뒤로 빼며 빠르게 몸을 돌렸다. 이안 특유의 턴 동작이었다.

프란체스코가 놓치지 않고 붙었지만, 그거야말로 그가 원하는 바였다.

―아! 다시 리암에게 패스하는 이안!

―이거! 제프가 비었어요!

이안의 노림수는 프란체스코를 자신에게 붙이는 거였다.

텀이 긴 2 : 1 패스.

그리고 이탈리아 수비진의 신경을 끌어오는 사이.

반대쪽에선 제프가 달리고 있었다.

―이번엔 반대쪽으로 찌르는 리암!

―경기 시작부터 잉글랜드가 기회를 잡습니다!

골문까지 거리가 있음에도 제프 정도의 결정력이면 완벽한 찬스나 다름없었다.

프란체스코는 이안을 압박하고 있었기에 따라붙을 수 없다. 이탈리아의 다른 수비수들 역시 역동작이 걸렸기에 바로 반응하기엔 늦었다.

'골이다.'

모두가 골을 예상한 그 순간.

"얍."

프란체스코가 옆에 있던 동료를 그쪽으로 힘껏 밀어 넣었다.

역동작이 걸렸던 그는 그 힘을 이용해 제프에게 달렸다.

"뭐?!"

제프의 슈팅이 이탈리아의 수비를 맞고 튕겨 나가고 말았다. 그는 허망한 얼굴로 라인아웃 되는 공을 보았다.

방금 무슨 일이 있었지?

코너킥을 알리는 주심의 휘슬 소리만이 현실을 자각시켰다.

"허어."

벤치에서 지켜보던 원지석 역시 허탈한 모습으로 고개를 저었다.

골을 확신했던 찬스였다. 그걸 동료를 떠밀어 막다니, 경악스러운 순간이었다.

─아! 또 한 번 기회를 잡는 잉글랜드!

―이아아안!

하지만 아직 잉글랜드의 기회는 끝나지 않았다.

코너킥 키커로 나선 리암이 페널티에어리어 외곽을 어슬렁거리던 이안에게 짧은 패스를 보냈고, 이걸 낮은 슈팅으로 마무리한 것이다. 골키퍼는 페널티박스 안에 운집해 있던 선수들에의해 시야가 가려졌기에 반응이 늦었다.

이번에야말로 골이다.

다시 한번 원지석이 골을 직감한 그 순간.

―아아앗! 막았어요!
―슬라이딩태클로 팀을 구해내는 프란체스코!

공이 골라인을 넘기 직전, 아슬아슬하게 프란체스코의 슈퍼세이브가 이어졌다.

"하하, 아쉬웠어."

옷에 묻은 잔디를 털어내며 이안에게 눈을 찡긋거리는 녀석의 모습은.

잉글랜드로서는 악몽에 가까웠다.

*　　　　*　　　　*

―미쳤어요! 완전히 미쳤습니다, 프란체스코 오스틴! 골이나 다

름없던 상황을 연거푸 막아내는군요!

매우 흥분한 해설진들이 프란체스코의 활약을 칭찬했다. 아니, 경악에 가까웠다.

시작하자마자 완벽한 찬스를 만들어낸 잉글랜드도 잉글랜드지만, 그만큼 그걸 막아낸 프란체스코가 놀라웠기 때문이다.

—아, 원지석 감독이군요.

—사실 미치고 싶은 사람은 감독 본인일 겁니다.

카메라에 잡힌 원지석은, 질 나쁜 농담을 들은 사람처럼 표정이 구겨져 있었다.

"후우."

할 말을 잃은 그가 입가를 쓸어내렸다. 어쩌면 다시 오지 않을 찬스일지도 몰랐다.

프란체스코는, 이탈리아는.

이런 찬스를 다시 내줄 팀이 아니다.

"온다."

원지석의 중얼거림처럼 이탈리아가 반격에 나섰다.

공을 잡은 선봉장은 프란체스코였다.

한때 조국이었던 나라의 심장을 찌르기 위해 그는 달렸다.

라인업에는 센터백으로 이름을 올렸다지만, 잉글랜드의 압박을 뚫으며 하프라인을 넘어서는 저 모습에 누가 그런 걸 떠올릴까.

　―중앙미드필더들 앞에 서는 프란체스코!
　―공격형미드필더처럼 뛰는군요!

　쓰리백으로 시작했던 이탈리아의 포메이션이 4231로 변했다.
　343 포메이션으로 시작해 433과 4231, 극단적일 때는 424 포메이션까지 변하는.
　이게 프란체스코로 대표되는 이탈리아의 새로운 카테나치오.
　"직접 막기보다는 공간을 차단해!"
　원지석의 명령에 잉글랜드의 미드필더들이 일차적인 저지선을 만들어냈다.
　물론 프란체스코의 발을 묶었더라도, 이탈리아를 멈춘 건 아니다.
　다른 미드필더들이 속력을 올리며 그를 앞질렀고, 이렇게 되니 흡사 433에 가까운 진형이 완성되었다. 그것도 후방 플레이메이커가 깊숙이 올라온 공격적인 형태로 말이다.
　"흔들리지 마! 너희들은 지금 위치를 지켜!"
　이탈리아가 아군 진영을 헤집자, 원지석은 잉글랜드 선수들에게 잘하고 있다는 믿음을 주었다.
　"이거 참~!"

그 다부진 기세에 프란체스코가 곤란하다는 듯 웃었다. 어쩌면 비웃음일지도 몰랐다.

퉁!

환상적인 롱패스가 오른쪽 측면을 벌렸다.

이탈리아의 우측 풀백이 그걸 어렵지 않게 받았으며, 빠른 오버래핑으로 잉글랜드의 저지선을 뚫었다.

―터치라인을 따라 달립니다!
―풀백과 윙어가 함께 잉글랜드의 왼쪽을 공략하는군요!

라이언이 녀석들을 보며 인상을 굳혔다. 포르투갈의 페드로사와 그리조만큼은 아니더라도, 그들 모두가 세리에 A의 리그 베스트급 퍼포먼스를 보이는 선수들이다.

거기에 팀으로서 서로를 믿는다. 이것만으로도 포르투갈과는 전혀 달랐다.

완벽하게 막는 건 사실상 불가능에 가깝다.

난전을 각오해야 한다.

"형님, 아직 가면 안 됩니다!"

"라이언도 안다!"

잉글랜드의 수비진을 지휘하는 존 모건이 노파심에 경고하자 라이언이 얼굴을 구겼다.

팀에 노장이라 할 사람이 별로 없어서 그러지, 라이언을 편하게 대하는 선수는 존 모건뿐이었다.

라이언 역시 쓸데없는 자존심을 부리지 않았기에, 존 모건은 맘 편히 소리를 지를 수 있었다.

"좀 더 이쪽으로, 더!"

"알겠다!"

후배의 까다로운 명령에도 라이언은 군소리 없이 따랐다. 이 직설적인 명령 체계야말로 잉글랜드가 이번 대회에서 적은 실점을 유지하는 방법이었다.

이탈리아의 우측 풀백이 동료와 이 대 일 패스를 하며 돌파를 시도했다. 라이언은 아직 나서지 않았다.

기다린다.

아가리 속에 목을 들이밀 때까지.

더 깊숙이 들어오는 이탈리아의 우측 풀백을 보며 라이언은 숨을 죽였다. 먹잇감을 앞에 둔 맹수처럼 말이다.

'크다.'

이탈리아의 우측 풀백 역시 등골이 오싹해지는 걸 느꼈다.

단순한 신장 차이를 말하는 게 아니다. 수비수 중에선 라이언보다 더 큰 선수들이 많았으니까.

그저.

눈을 마주하는 것만으로 모골이 송연해지는 이 압박감.

'이게 전설.'

그는 자기도 모르게 침을 삼켰다.

눈앞의 라이언은 마치 거인처럼 끝없이 커지는 중이었다.

"지금!"

'아차.'

존 모건의 신호와 함께 라이언이 수축한 근육을 폭발시켰다.

이탈리아의 우측 풀백은 잠시 정신을 놓았던 스스로를 질책하며 정신을 일깨웠다.

'패스를 커버하는 게 목적이라면!'

세리에 A 최고의 우측 풀백이란 소리는 노름으로 얻은 게 아니다. 그는 그 찰나의 순간에도 길을 보았다.

무리하게 패스를 하기보단, 차라리 라이언의 움직임을 역이용해 더 안쪽으로 들어갈 생각이었다.

그리고 라이언을 대각선으로 지나치며 페널티에어리어에 진입할 때만 하더라도, 그의 계획은 적중하는 것처럼 보였다.

―따라붙었습니다!

―서른 중반에도 불구하고 엄청난 반응 속도군요! 오늘 경기를 위해 힘을 아껴뒀나요?!

역방향에도 불구하고 라이언은 몸을 튕기듯 방향 전환에 성공한 것이다. 카메라로 봐도 놀라운 장면인데, 그걸 직접 경험하면 무슨 생각이 들까.

'시발, 꿈인가.'

혼란스러웠다. 분명 지나쳤을 텐데, 눈치챈 순간 거인은 바로 옆에 있었다. 투기를 풀풀 날리는 그 얼굴은 공포영화에 가까웠다. 그런 와중에도 공을 놓치지 않은 건 본능적인 감각이었다.

"그거면 됐어요."

바통을 이어받듯 존 모건이 나섰다.

굳이 라이언이 공을 뺏을 필요는 없다. 저 위협적인 전진을 막는 것만으로 충분했지.

결국, 크로스로 올려진 공을 골키퍼가 밖으로 쳐내며 이탈리아의 코너킥이 선언되었다.

"괜찮으쇼?"

"라이언에게 문제 될 건 없다."

"거참, 무릎도 안 좋은 양반이……."

세트피스를 위해 모인 둘이 대화를 나누었다.

존 모건은 걱정을 표했고, 라이언은 걱정하지 말라는 듯 그의 어깨를 두드렸다.

방금 같은 급격한 방향 전환은 무릎에 심한 부담을 준다. 젊었을 때면 몰라도, 연골이 닳고 닳은 지금은 많이 써먹지 못할 기술이었다.

— 아, 높이 날아오른 라이언이 걷어냅니다!

— 엄청난 서전트군요!

페널티박스에서 나온 공을 윌킨스가 받았고, 곧바로 잉글랜드의 역습이 시작되었다.

이를 이탈리아가 막는 상황이 계속될 때쯤.

"이상해."

이탈리아의 감독인 오르텐시오는 무언가 석연치 않다는 듯 고개를 갸웃거렸다.

'왜 수비에만 치중시키는 거지?'

모두가 알다시피 라이언은 폭발적인 오버래핑을 자랑하는 풀백이다. 그런데, 오늘 경기에선 주로 수비에 집중하는 모습을 보였다. 흡사 포르투갈전처럼.

그때야 월드 클래스의 윙어들을 막기 위해 그랬다지만, 수비적인 이탈리아를 상대로 비슷한 선택을 할 줄이야.

'단순히 호흡이 맞질 않아서인가.'

라이언과 제프.

둘 사이의 미묘한 불협화음을, 오르텐시오 정도 되는 감독이 눈치채지 못할 리가 없다.

하지만.

'원, 꾸물거리다간 질 겁니다.'

오르텐시오는 주머니 속의 동전을 만지작거리며 잉글랜드의 벤치를 바라보았다.

항상 그렇듯.

무표정한 얼굴의 원지석이 그곳에 있었다.

그 시선의 끝은 프란체스코를 향했다.

"역시 안 되나."

혀를 찬 원지석이 안경을 고쳐 썼다.

프란체스코를 저지하는 데엔 성공했다. 하지만 녀석은 개의 치 않다는 듯, 한 발짝 멀리 떨어져 이탈리아 공격의 시발점이 되고 있었다.

잉글랜드가 승리하기 위해선 저 녀석의 존재감을 확실히 지워야 한다.

'미끼를 한 번 던졌는데도, 노련한 놈이야.'

원지석이 라이언에게 오버래핑을 지시하지 않은 건 두 가지 이유였다.

하나는 무릎 부담 때문이었고.

다른 하나는 프란체스코를 관찰하기 위해서였다.

그렇게 이탈리아의 우측 풀백이 페널티에어리어까지 진입하며 미끼를 툭툭 건드리던 순간.

프란체스코는 아무 행동도 취하지 않았다.

마치 어떤 일이 벌어질지 아는 사람처럼.

'미드필더로 성장했으면 앤디만큼 컸을 녀석이야.'

흡사 앤디를 떠올리게 하는 예측력이었다. 예측력은 곧 효율성으로 이어진다. 딱 자기가 필요한 순간에 들어가는 그 축구 지능. 그건 굉장히 특별한 재능이다.

사람들이 흔히 하는 착각 중 하나가 프란체스코의 활동량인데, 사실 그의 활동량은 그리 많은 편이 아니다.

수비부터 공격까지 매번 그렇게 많은 거리를 뛰었다간 어느 선수도 견딜 수 없다.

그럼에도 그의 빈자리가 느껴지지 않는 이유가 그 효율성에 있었다.

"우아하네."

프란체스코의 플레이 스타일은 우아하다. 고상하다는 표현이 맞을지도 모르겠다. 유벤투스의 백조라는 별명마저 있을 정도였으니까.

이러한 요소는 그를 슈퍼스타로 만드는 데 큰 일조를 했다.

'이걸 이용해야 해.'

원지석은 완벽에 가까운 선수는 있어도, 공략이 불가능한 선수는 없다고 믿었다.

어떻게 하면 녀석에게 엿을 먹일 수 있을까.

프란체스코를 상대로 한 번 실패한 방법을 계속 고수하는 건 어리석은 방법이다.

미끼를 던지며 유도하는 건 통하지 않았다.

그렇다면 직접 물에 들어가는 수밖에.

때마침 라이언도 몸이 근질근질한지 이쪽을 보고 있었다.

둘의 시선이 교차했다. 감독은 고개를 끄덕였고, 선수는 눈을 빛냈다.

족쇄를 벗을 때가 되었다.

"미끼는 버려라! 라이언이 간다!"

마치 선봉에 나서는 장수처럼, 라이언이 자신의 가슴을 두드리며 소리를 질렀다.

"벌써?"

"감독님의 판단이야."

경기 전 브리핑에서 말했던 것보다 조금 이른 변화였다. 그래도 선수들은 의구심 없이 그 명령을 따랐다. 그만큼 원지석을 믿었기 때문이다.

함께한 시간은 1년 정도지만, 감독의 명령이라면 뭐든지 할 수 있기까지 변하기엔 충분한 시간이었다.

―역습에 나서는 잉글랜드. 리암이 패스할 곳을 찾습니다.

―공을 줄 곳이 마땅치가 않죠?

―네. 이탈리아의 수비진이 촘촘하게 엮여 있어요. 수준급의 공간 압박입니다.

―과연, 이렇게만 보면 또 더없이 카테나치오 전술이네요.

이탈리아는 수비를 할 땐 다섯 명의 선수가 수비 라인을 형성한다. 두 윙백은 공격 능력이 뛰어났고, 프란체스코가 빌드업을 책임지며 빠른 공수 전환이 가능하다.

그렇기에 원지석이 낸 해결책은 단순했다.

즉, 그들이 공격으로 전환할 수 없도록 쉴 새 없이 몰아쳐야 한다는 방법을.

―깊숙이 올라가는 라이언!

―상대 진영을 휘젓고 있어요!

족쇄가 풀린 라이언이 자유롭게 움직이며 이탈리아를 헤집었다. 프란체스코처럼 공수 양면으로 뛰는 게 아니라, 오로지 공격을 위한 움직임이었다.

"우워!"

저돌적이지만 감히 막을 수가 없는 드리블.

파울을 각오한 이탈리아 선수들이 거친 태클을 시도했지만, 오히려 튕겨 나간 것은 그들이었다.

―계속해서 중앙으로 들어가는 라이언!

―무지막지하군요! 전성기를 떠올리게 하는 드리블입니다!

휘슬을 불까 고민하던 주심이 결국 어드밴티지를 선언하며 경기의 흐름을 끊지 않았다.

원지석은 처음 이 전술을 짜며 망치와 모루 전술을 떠올렸다.

상대를 몰아넣고 계속해서 두들기는 점은 비슷하지만, 근본적으로 다른 게 있다.

라이언은 공성 전차다.

이탈리아가 단단히 걸어 잠근 성문을 부수기 위한 공성추였고, 수문장인 프란체스코를 박살 내기 위한 원지석의 망치였다.

쾅!

공성추가 쏘아졌다.

굉음과 함께 쏘아진 중거리 슈팅이 골대를 두드릴 동안 이탈리아의 수비진은 반응하지 못했다.

―아직 끝나지 않았어요!

―잉글랜드가 계속해서 공을 소유합니다!

세컨드 볼을 차지한 이는 제프였다. 오늘 별다른 활약을 하지 못했던 그는, 특유의 위치 선정으로 한 발 먼저 공을 가져가며 이 흐름이 끊어지지 않도록 노력했다.

쿵.

다시 쏘아진 슈팅을 프란체스코가 막았다.

쿵.

이번에도 공을 받아낸 제프가 라이언에게 패스를 연결했고, 프란체스코가 반응하지 못할 정도로 빠른 공격이 계속해서 퍼부어졌다.

쿵.

알고도 막지 못하는 것.

잉글랜드의 공성추는 계속해서 이탈리아의 성문을 두드렸다.

　　　*　　　　*　　　　*

잉글랜드의 판세가 다시 짜였다.

굉장히 공격적이고, 극단적인 압박.

이 방법은 의외로 뛰어난 효과를 보고 있었다.

이탈리아보다 더 많은 활동량으로 점유율을 가져오고, 그 점유율을 바탕으로 슈팅 수를 늘린다. 그 강렬한 기세에 이탈리아는 점차 구석에 몰렸다.

오르텐시오 역시 이를 인지했지만, 별다른 변화를 주진 않았다.

그 자체로 이미 완벽에 가까운 전술.

이걸 괜히 바꿨다간 오히려 전술적인 틈이 커질 뿐이었다.

'아니, 바꾸기 위해선 프란체스코를 빼야 하니까.'

원지석은 차가운 눈으로 그라운드를 보았다. 감정이 고조된 잉글랜드 선수들과는 사뭇 다른 분위기였다.

프란체스코는 확실히 이탈리아의 전부가 아니다. 하지만 팀을 하나로 조립해 주는 작은 톱니바퀴가 멈춘다는 건, 생각 이상으로 큰 타격을 준다.

전술을 수정하거나, 아예 프란체스코를 빼버린다는 방법도 있겠지만.

'지금으로선 그럴 수가 없겠지.'

골을 먹힌 것도 아니고, 더군다나 전반전에 팀의 핵심을 뺀다는 것 자체가 어불성설이다.

즉.

이때야말로 공격을 퍼부을 시간이었다.

"오래 먹힐 전술은 아니야."

"그 전에 끝내야죠."

케빈의 조언에 원지석이 고개를 끄덕였다.

이탈리아가 계속해서 당해줄 거란 생각은 하지 않는 게 좋왔다.

오르텐시오는 지금 당장 파격적인 변화를 준다고 해도 이상하지 않을 감독이었으니까. 한때 동전 점괘로 전술을 짜는 거 아니냐는 우스갯소리가 괜히 나온 게 아니다.

―잉글랜드의 계속된 공격! 사실상 점유율을 거의 가져가고 있어요!

―그런데도 이탈리아의 골문은 열리지 않습니다!

"제발 열려라."

주문을 외듯 중얼거린 원지석이 아랫입술을 깨물었다.

선수들은 기계가 아니다. 분명 집중력과 체력적인 한계가 찾아온다.

거기에 유로 개막전과 함께 누적된 피로는 그 한계를 더욱 빨리 오게 할지 몰랐다.

한 가지 다행인 점이 있다면, 아직까진 이탈리아의 역습이 별 위협이 되지 못하고 있다는 거였다.

―역습을 차단하는 리암!

―바로 패스를 찔러 넣어줍니다!

이 시간이 괴로운 건 이탈리아 역시 마찬가지였다. 특히 수비 라인을 지휘하는 프란체스코의 스트레스는 더욱 컸다.

'짜증 나네.'

불쾌감이 골수를 타고 머리까지 흘렀다. 이렇게 수세에 몰리는 경험은 익숙하지 않았다.

몇 번의 역습이 실패하자 프란체스코는 좀 더 과감한 선택이 필요하다는 걸 깨달았다. 직접 공을 끌고 나갈까? 아니, 그렇게 되면 수비 밸런스가 무너진다.

'애초에 이 상황을 만든 게 누구였지?'

시선이 자연스레 라이언을 향했다.

저 거인 때문이다.

조금 멀리 떨어진 위치에서 무식하게 슈팅을 퍼붓는데, 그게 또 위협적이라 문제였다.

프란체스코는 잠시 고민에 빠졌다. 수비 라인을 이탈하면서까지 마크를 해야 되나? 그게 잉글랜드의 노림수일지라도, 아니, 높은 확률로 그걸 노리는 거겠지만.

고민은 길지 않았다.

—아! 라이언에게 달려가는 프란체스코!

—생각을 바꿨군요!

슈팅 자세를 취했던 라이언은 자신에게 달려오는 프란체스코를 보고선 공을 돌렸다. 발을 묶어놓겠다는 최소한의 목적은 달성한 것이다.

"안 돼! 뭐 하는 거야!"

하지만 비명을 지르듯 벤치에서 나오는 남자가 있었다. 다름 아닌, 이탈리아의 감독 오르텐시오였다.

"당장 복귀해! 당장!"

"휴우, 이제 좀 낫네요."

감독의 명령을 듣지 못한 건지, 아니면 무시하는 건지, 프란체스코는 상쾌하게 웃으며 말을 걸었다. 여전히 제멋대로인 녀석이었다.

라이언은 대답 대신 코를 후비적거렸다.

기분 나쁜 애송이였다.

"이번 대회는 말 많은 꼬마가 많군."

포르투갈의 꼬마들부터 주절주절 떠드는 녀석이 많은 유로 2036이었다.

하지만 그때와는 달리 라이언은 말을 섞지 않았다. 이런 녀석에겐 대꾸할 필요가 없다는 걸, 오랜 경험을 통해 알았기 때문이다. 그건 관록에 가까웠다.

녀석은 라이언이 가장 싫어하는 부류에 속했다.

한편 프란체스코를 지켜보는 오르텐시오의 표정은 점점 썩어가고 있었다.

'하필이면 여기서 제멋대로 행동할 줄이야.'

확실히 그에게 자율성을 준 건 감독인 본인이었다. 그리고 판단 자체는 나쁘지 않았다. 다른 경기였다면 분명 올바른 선택이었겠지만.

적어도 지금만큼은 안 된다.

봐라.

방금까지 굳어 있던 원지석이.

오늘 처음으로 미소 짓지 않았는가.

오르텐시오는 자기도 모르게 소름이 돋는 걸 느꼈다.

"됐어."

원지석은 조용히 주먹을 쥐었다.

프란체스코가 나왔다는 것.

그건 즉.

성문을 지키던 문지기가 나왔다는 뜻이니까.

암살자가 들어갈 시간이다.

─측면에서 공을 잡은 리암! 또 라이언일까요?

─아니, 아니에요! 전방으로 찌르는군요!

'상정 내야.'

프란체스코는 곧장 앞으로 향하는 패스를 보며 심드렁한 표정을 지었다.

설마 그 하나가 빠졌다고 수비진이 무너지겠는가. 그건 이탈리아를 너무 우습게 본 처사였다.

이 자리에서도 충분히 수비 라인을 지휘할 수 있고, 거기다 방금까지 팀을 압박하던 라이언을 묶어두고 있기에 잉글랜드의 공격 역시 기세를 잃을 터.

'감독님도 오늘따라 쓸데없는 걱정이 많아.'

상대 감독이 천적이란 건 알겠지만, 조심스러워도 너무 조심스러웠다.

그리고.

이때 프란체스코가 범한 실수가 있다면.

오르텐시오는 그의 상상 이상으로 뛰어난 감독이었고.

원지석은 그의 상상 이상으로 무서운 감독이었다는 거다.

―리암의 패스를 흘리는 이안… 어? 어어어?!

길게 찔러준 패스를 받기 위해 달리던 이안이 돌연 방향을 바꿨다.

이안의 뒤를 쫓던 이탈리아의 센터백은 움찔하며 뒷모습을 쫓았고.

그 잠깐의 사이.

아무도 몰래 움직이던, 잉글랜드의 암살자가 있었다.

제프였다.

―제프으으!

―지금이야말로 기회입니다!

지금까지 라이언에게 볼을 공급하는 역할을 하던 제프가 최전방까지 달린 것이다.

기회를 만들기 위해 욕심을 버리고 자신에게 이목을 집중시킨 이안이나, 그걸 놓치지 않고 오프사이드트랩을 뚫은 제프나, 모두 최고의 움직임이었다.

'후우, 후우!'

제프가 거친 숨을 진정시켰다.

아까처럼 프란체스코가 막을 일은 없다. 그는 저 뒤에서 라이언을 상대하고 있었으니까.

단 한 번의 기회.

스승인 제임스가 말하길, 골잡이는 단 한 번의 기회를 놓치지 말아야 한다.

'후우.'

숨이 느려지고, 공의 움직임 또한 느려진다. 귀가 아플 정도로 울리던 관중들의 함성도 이제는 들리지 않았다. 느려진 시간 속에서 피의 흐름만이 빨라졌다.

제임스에게 처음 칭찬을 받았을 때도 이랬었지.

골키퍼가 달려왔지만, 지금의 제프에겐 그것마저 너무 느리게 느껴질 정도였다.

이번엔 아무도 막지 못하게 직접 꽂아 넣을 생각이었다.

쾅!

강하게 찬 슈팅이 골문 구석에 빨려 들어가는 순간, 제프의 정신도 원래대로 돌아왔다.

무아지경으로 슈팅을 했던 제프는 순간의 정적에 이상하다는 듯 주위를 둘러보았다. 혹시 꿈이 아닌가 싶어서.

—와.

—이건.

와아아아아!

함성이 터진 것은 그때였다.

—고, 고오오올!

—골입니다! 마침내 골을 터뜨린 잉글랜드! 그 주인공은, 제프! 제프예요!

한 번의 판단 미스가 하나의 골을 만들었다. 잉글랜드로선 매우 좋은 타이밍에 터진 골이었고, 이탈리아로선 최악의 상황을 맞이하게 되었다.

"이건 상정 밖인데."

한숨과 함께 머리를 긁적인 프란체스코가 동료들을 보았다.

잠깐 자리를 비웠다고 해서 바로 실점할 줄 누가 알았겠는가. 한 번 더 한숨을 내쉰 그가 이번엔 제프를 보았다.

어리숙한 셀레브레이션을 끝낸 제프는 동료들에게 축하를 빙자한 구타를 당하고 있었다.

'평가를 바꿔야 하나?'

골을 넣기 전까진 존재감이 없었기에 신경 쓰지 않았는데, 어쩌면 라이언보다 더 주의해야 할 건 저 녀석일지도 몰랐다.

'아, 큰일 났다. 화나셨네.'

프란체스코는 벤치에서 쏘아지는 강렬한 시선을 모른 척하며 딴청을 피웠다.

뭐, 남은 시간 동안 잘하면 되겠지.

책임감이라고는 없는 마인드지만 실제로 아직 전반일 뿐이다.

경기를 뒤집을 가능성은 얼마든지 있었다.

―경기가 재개됩니다.

―이탈리아가 어떤 변화를 줄지 기대되는군요.

선제골을 먹힌 이상 수비적인 전술을 고집할 순 없었다. 결국 오르텐시오는 선수들에게 앞으로 나갈 것을 지시하며 공격을 명령했다.

마침내 이탈리아가 성문을 열고 나온 것이다.

"모두 긴장 풀지 마!"

원지석은 선제골에 취한 선수들을 일깨우며 계속해서 소리를 질렀다.

성문이 열렸다고 해서 공성전이 끝난 게 아니다. 본격적인 싸움은 이제부터였다.

공격으로 전환한 이탈리아는 그토록 중요시하던 쓰리백을 포기했다. 프란체스코가 처진 공격수처럼 움직이며 최전방을 압박하고, 동시에 계속해서 골문을 노렸다.

―공수가 교대됐어요!

―계속해서 밀어붙이는 이탈리아! 방금 전과는 완전히 바뀌었군요!

―잉글랜드의 힘든 시간이 계속됩니다!

아아!

아름다운 궤적을 그린 슈팅이 골문을 비껴가자 경기장에 큰 탄성이 울렸다.

잉글랜드 쪽에선 안도의 한숨을, 이탈리아 쪽에선 아쉬움의 탄식을.

슈팅 하나에 두 나라의 희비가 교차했다.

물론 잉글랜드라고 해서 가만히 있던 건 아니다. 그들은 이안과 윌킨스를 필두로 역습에 나섰고, 프란체스코가 없어진 수비진은 이전처럼 견고하지 않았다.

그런 역습과 역습을 주고받은 끝에.

삐이익!

전반전 종료를 알리는 휘슬이 울렸다.

"후아!"

존 모건이 식은땀을 훔치며 그 자리에 주저앉았다. 혼이 빠진 얼굴이었다.

"이제 겨우 전반이라고?"

"체감상으론 연장 전반이 끝난 느낌인데."

윌킨스와 제프가 기진맥진한 모습으로 대화를 나누었다.

휘슬이 울리기 전까지 매우 높은 집중력을 유지했으니 그럴 만도 했다.

클럽 팀에서도 유럽 대항전을 뛰어본 경험이 없는 둘로서는, 오늘 같은 빅 매치가 주는 정신적인 부담이 더욱 컸다.

"잘했다. 너도 잘했어. 모두 잘했다."

원지석은 라커 룸에 들어오는 선수들의 어깨를 한 번씩 다독여주었다. 그러면서 선수들의 몸 상태를 확인했는데, 한눈에 봐도 지친 모습이 보일 정도였다.

지금까지 체력 안배를 하지 않은 게 아니다. 빡빡한 토너먼트 일정은 선수들을 무겁게 만들었다.

"우리는 리드를 잡았다. 하지만 안심할 위치는 아니야."

아직 잔열이 남은 선수들을 크게 자극할 필요는 없다. 여기서 그가 할 일은, 그 불씨가 꺼지지 않도록 지켜야 한다.

"그래서……"

후반전에 숙지할 점을 알려주던 원지석이 갑자기 말을 멈추었다.

굳어진 얼굴. 그 시선 끝에는 라이언이 있었다.

라이언은 무슨 문제가 있냐는 듯 눈을 끔뻑 떴지만, 속일 생각은 하지 말라는 것처럼 원지석은 걸음을 옮겼다.

"라이언."

"……"

"손 치워."

그제야 다른 사람들도 무언가 이상하다는 걸 눈치챈 듯 라이언의 무릎을 보았다.

거인의 오른쪽 무릎은 수건으로 덮여 있었고, 그 위를 손으로 누르는 중이었다.

"두 번은 말하지 않아. 수건을 걷어, 당장."

원지석의 엄포에 라이언이 눈을 감았다.

이윽고 그가 수건을 걷었고.

라커 룸에 있던 모두가 눈을 크게 떴다.

"흡."

특히 충격이 심했던 제프는 입을 막아 비명을 삼킬 정도였다.

그도 그럴 게.

라이언의 무릎은, 정상이라고 할 수 없을 정도로 부어올라 있었기 때문이다.

"하아."

원지석이 탄식 같은 한숨을 내쉬었다.

이제 막 전반전이 끝난 시점.

핵심 선수의 무릎이 한계에 달했다.

*   *   *

곧바로 팀닥터들이 라이언의 무릎 상태를 점검했다.

그 뒤에 선 원지석은 안경을 고쳐 쓰며 한숨을 쉬었다.

"…무식한 녀석."

참기만 한다고 해서 능사가 아니다. 하지만 어떤 마음으로 그 고통을 견뎠는지 알기에 크게 나무랄 수 없었다.

잠시 후.

검사를 끝낸 팀닥터가 접었던 무릎을 폈다. 혹시나 작은 희망을 기대했지만, 이윽고 고개를 젓는 그를 보며 원지석 역시 고개를 끄덕였다.

"케빈."

"응?"

"주심에게 선수를 교체한다고 알려주세요."

빼야 할까 고민할 때가 아니다.

빼야만 했다.

"안 된다!"

하지만 거칠게 소리치며 거부하는 사람이 있었다. 바로 당사자인 라이언이었다.

녀석은 팀닥터들의 만류에도 벌떡 일어나 원지석을 노려보았다.

꽉 쥔 주먹은 벌벌 떨렸으며, 부릅뜬 눈은 울상이 되어 있었다.

"라이언은 뛸 수 있다! 이런 것쯤은, 이런 것쯤은 아무것도 아니다!"

"……"

원지석온 녀석의 외침에 아랫입술을 깨물있다. 그가 기억하기로, 아니, 분명 첫 항명이었다. 그만큼 녀석에게 이 경기가,

이 대회가 주는 의미는 특별하다는 거겠지만.

"안 돼."

그 부탁을 들어줄 순 없었다.

예전에, 대회를 앞두고 잉글랜드의 주전 레프트백이 부상으로 낙마되었을 때.

대체 선수를 뽑기 위해 여러 선수를 모니터링한 적이 있었는데, 그중에는 미국에서 뛰는 라이언 역시 있었다.

녀석은 행복해 보였다.

경기를 뛰는 것 그 자체로 즐거움을 느꼈다.

만약 라이언을 교체하지 않고 내보낸다면, 녀석의 선수 생명은 대폭 깎이겠지. 남은 수명이 얼마 되지 않는다 하더라도 그런 짓은 하고 싶지 않았다. 그를 발굴하고 성장시킨 원지석이라면 더더욱 말이다.

"이건 감독 명령이야."

더 이상의 말은 듣지 않겠다는 듯 원지석은 몸을 돌렸다.

조용해진 라커 룸. 분위기가 가라앉은 선수들이 그를 보고 있었다.

이 모든 게 그의 숨을 조였지만.

"그래서."

이럴 때일수록.

감독은 흔들려선 안 된다.

팀을 이끌어야 할 감독이 흔들리면, 팀 전체가 흔들리게 되니까.

"이제부터 내가 하는 말을 잘 들어라."

절대 어긋나선 안 되니까.

원지석은 마음을 다잡았다.

*　　　　　*　　　　　*

하프타임이 끝났다.

양 팀의 선수들은 다시 그라운드에 들어갔으며, 주심의 휘슬 소리를 기다렸다.

ㅡ아, 후반전이 시작하기 전에 잉글랜드에서 선수교체를 알립니다.

ㅡ라이언이 빠지네요? 이게 어찌 된 거죠?

ㅡ아예 벤치에도 보이질 않는군요!

카메라가 번호판을 든 대기심을 잡자 관중들의 웅성거리는 소리가 울렸다. 그들이 잘못 본 게 아니라면, 잉글랜드는 전반 전에서 가장 뛰어난 퍼포먼스를 보인 선수를 뺀다는 소리니까.

ㅡ이유 없이 뺐을 리는 없을 테고, 부상일까요?

ㅡ지금으로선 그럴 확률이 높아 보입니다.

원지석은 자기도 모르게 품속을 뒤졌다. 최근 스트레스가 극심하면 무심코 나오는 습관이었다.

작은 약병이 만져지자 한숨과 함께 손을 뗀 그가 뒤를 돌아
보았다.

벤치에 라이언의 모습은 보이지 않았다. 정밀검사를 위해 병
원에 갔기 때문이다.

─지금 들어가는 선수에 대해 간략한 설명을 하자면, 왼쪽 오
른쪽을 가리지 않고 뛰는 풀백입니다. 잉글랜드 대표 팀에선 주
로 백업 역할을 맡았죠.

─네, 이번 유로에서도 교체로 세 경기에 출전했고요.

─그래도 프리미어리그에선 잔뼈가 굵은 선수인 만큼, 어떤 모
습을 보여줄지 기대가 되네요.

교체로 들어가는 선수의 얼굴은 약간 긴장되어 있었다. 나
름 베테랑에 꼽히는 그였음에도 오늘 같은 상황은 심장이 쫄깃
해지게 마련이다.

한편 이탈리아의 선수들 역시 굳은 얼굴로 경기를 준비했다.
아무래도 오르텐시오에게 적지 않은 잔소릴 들은 듯싶었다.

─자, 유로 2036 준결승전! 잉글랜드와 이탈리아의 경기! 그 후
반전이 시작됩니다!

후반전이 시작되며 이탈리아는 조심스레 잉글랜드의 문을

두드렸다. 과연 어떻게 나올지 간을 보겠다는 의도가 다분했다.

그러나 잉글랜드는 이러한 도발에도 별다른 반응을 보이지 않았다.

설마 시작부터 경기를 잠그려는 걸까?

어쩌면 확실한 기회가 오지 않으면 굳이 나설 필요가 없다는 걸지도 몰랐다.

'조심, 또 조심.'

떫은 표정으로 머리를 긁적인 프란체스코가 혀를 찼다.

그답지 않은 모습이었는데, 하프타임 동안 집중적으로 잔소리를 먹는다면, 눈치 없는 그라도 어쩔 수가 없다.

뭐, 자신의 판단 미스로 골을 내줬으니 말이다.

일단은 감독이 원하는 대로 장단을 맞춰줄 생각이었다.

'한 골이야 금방 따라잡겠지.'

이때 까지만 해도 여유로웠던 프란체스코의 얼굴은.

54분.

67분.

시간이 흐를수록 썩어만 갔다.

'이상하다?'

이상했다. 적어도 동점을 만들어도 이상하지 않을 때였는데, 스코어는 아직 변하지 않았다. 이건 프란체스코에겐 이상한 일이었다.

'너무 여유를 부렸나?'

아니, 그는 최선을 다하고 있었다. 낙천적이고 눈치 없는 것과는 다르게 게으르진 않았으니까.

후반전에 들어 이탈리아는 잉글랜드를 압도했다. 이건 분명한 사실이다.

그러나 남은 시간이 적어질수록 프란체스코는 여유를 잃었다. 최고의 선수답지 않은 모습이었다.

"후우!"

긴 숨과 함께 프란체스코가 잡념을 떨쳐내려 했다. 인정하기 싫지만, 하프타임 내내 들었던 잔소리가 조금은 도움이 되었다.

'한 골. 한 골이면 돼.'

경기를 원점으로 만드는 데엔 그거면 충분하다.

그는 이탈리아 동료들의 도움을 받으며 차분하게 잉글랜드의 선수들을 벗어났다. 별로 어렵지 않은 일이었다.

하지만 이 초조감은 뭘까.

프란체스코는 마치 개미지옥에서 수영하는 것 같은 불쾌감에 얼굴을 구겼다. 그는 자기도 모르게 잉글랜드의 벤치를 보았다.

원지석.

존경하는 감독. 그건 거짓말이 아니다.

그러나 그를 이렇게 직접 마주한 건 오늘이 처음이었다.

경기에 나서지도 못했던 유망주 시절에는 먼발치에서나 바라보았고, 슈퍼스타가 된 후에는 챔피언스리그에서 마주친 적이 없었으니 말이다.

그래서 그가 뛰어난 감독인 건 알아도.

어떤 사람인지는 모른다.

그리고.

순간 둘의 눈이 마주쳤다.

'……!'

프란체스코는 소름이 돋았다.

다른 녀석들은 느끼지 못한 건가?

언젠가 화면에서 봤던 것과는 다르다. 그때는 단순히 눈매가 날카롭다고 생각했는데, 직접 마주한 그 눈은 차원이 달랐다.

저 무기질적인 눈에 프란체스코는 해부당하고 있었다.

그런 해부 끝에 원지석은 미래를 예측한다.

아니, 결과를 정하고 있었다.

처음부터 그들은 한 사람의 손아귀에서 놀아나고 있던 거였다.

'왜 우리 감독님이 저 사람을 무서워하는지 알 거 같네.'

이 불쾌감의 정체를 알아냈다. 항상 저런 괴물을 상대한다면 없던 트라우마도 생길 정도였으니까.

동시에 가슴속에서 무언가가 꿈틀거렸다.

이대로 당해주긴 싫다는, 본능이.

―아! 더 적극적으로 나서는 프란체스코!

―남은 시간이 얼마 남지 않았기에 저런 플레이도 필요합니다!

프란체스코는 이 상황이 흥분되었다. 싫증을 자주 내는 그의 성격상 오랫동안 맛보기 힘들었던 자극이었다.

최고다. 최고였다!

이 경기가 흘러가는 내용, 그의 감독인 오르텐시오, 이탈리아 동료들, 상대 팀, 상대 감독인 원지석까지.

모두 최고였다. 그는 이번 유로에 참가해서 다행이라는 걸 처음 느끼고 있었다.

"저 새끼가 왜 저래?"

"글쎄요."

케빈의 물음에 원지석은 어깨를 으쓱였다. 이쪽을 보다가 퍼뜩 눈을 부릅뜨더니, 이내 함박웃음을 지으며 달려간다. 뭐로 보든 정상은 아니었다.

시간은 계속해서 흘렀고.

경기는 더욱 격해졌다.

잉글랜드는 확실한 기회를 잡을 때마다 역습에 나섰으며, 이때의 공격은 꽤 매서웠다. 자칫하면 이탈리아가 추가 실점을 했을 정도로.

이탈리아 역시 그걸 알면서도 시간이 얼마 남지 않았기에 공격을 멈추지 않았다.

그 팽팽한 긴장감에 사람들이 숨을 삼켰다.

사실상 결승전이라는 말이 부족하지 않을 경기였다.

—살짝 벗어나는·프란체스코의 슛!

—아까웠어요!

와아아!

이탈리아 선수들, 특히 프란체스코가 기회를 놓칠 때마다 아주 큰 함성이 울렸다. 꼴 보기 싫은 놈이 실수하는 것만큼 좋은 구경거리는 얼마 없었으니 말이다.

"미개한 새끼들."

"제발 그 입 좀 닥쳐!"

이탈리아 팬들이 불만을 터뜨리자 가만있을 잉글랜드 쪽이 아니었다.

"무슨 문제 있냐?"

"불만 있는 새끼는 나와!"

"양측 모두 그만!"

서로 간의 분위기가 험악해지자 경기장에 있던 안전 요원들이 나서며 불씨를 껐다. 또 하나의 싸움을 막은 그들은 자리로 돌아가며 한숨을 쉬었다.

"그래도 옛날처럼 싸우질 않으니 다행이네요."

"말도 마. 이탈리아 놈들은 뭐 조용한 줄 알아? 옛날엔 가방에 흉기랑 사제폭탄까지 숨겼다가 걸린 적도 있었다고."

"하하, 어!"

"새끼야, 은근슬쩍 경기 보지 말고……."

후배에게 핀잔을 주면서도 뒤가 신경 쓰이는 건 그 역시 마찬가지였다. 순찰 팀은 이쪽을 부러워했는데, 관중석에서 눈을 뗄 수 없는 처지라 오히려 더 괴로울 지경이었다.

"조금만 더 힘내라! 얼마 남지 않았어!"

원지석과 오르텐시오, 두 감독이 동시에 외쳤다. 집중력을 잃는 순간 지금까지 해온 모든 게 물거품이 되어버린다.

지키려는 자와 빼앗으려는 자.

2분의 추가시간이 주어지며, 두 팀의 대결도 어느덧 막바지에 이르렀다.

—계속되는 이탈리아의 플레이!

—원지석 감독이 주심에게 자신의 시계를 보이네요.

—왜 경기를 끝내지 않냐는 제스처군요.

추가시간의 추가시간이라 쳐도 족히 4분이 지났기에, 원지석은 자신의 시계를 가리키며 불만을 표했다.

그리고 마침내.

삐이익!

경기를 끝내는 주심의 휘슬이 울렸다.

—경기 끝납니다! 이로써 결승에 올라간 팀은, 바로 잉글랜드입니다!

—아, 잉글랜드 팬들 좀 보세요. 아주 좋아하죠?

—하하, 사상 첫 유로 결승인 만큼 그럴 만도 하겠네요.

잉글랜드 팬들은 소리를 지르며 성 조지의 십자가를 흔들었다. 기쁨을 참지 못해 그라운드에 난입하려다 안전 요원에게 잡힌 사람마저 있을 정도였다.

"아쉽네요."

"좋은 경기였습니다."

두 감독이 악수를 하며 인사를 나누었다.

오르텐시오는 미소를 지었지만, 누구보다 분한 사람은 바로 그일 터다.

원지석은 그걸 알면서도 티를 내지 않았다. 최고의 감독에게 보내는 최소한의 예의였다.

"아아, 져버렸네요!"

이어서 만난 건 프란체스코였다. 녀석은 경기에 졌음에도 오히려 상쾌해 보일 정도였다. 하지만 그를 욕할 사람이 있을까. 오늘 전후반에 걸쳐 최고의 활약을 펼친 사람이 있다면 대부분이 그를 꼽을 정도로 뛰어난 퍼포먼스를 보여줬으니까.

"다음에 또 만날 때는, 아니, 나중에 클럽 감독에 복귀하실 때엔 저를 영입해 주세요!"

"하하."

"약속한 겁니다!"

떼를 쓰는 녀석을 보며 원지석은 쓴웃음으로 얼버무렸다.

그 뒤로 잉글랜드 선수들을 다독일 때, 원지석의 곁에 다가온 사람이 있었다.

팀닥터였다.

그는 라이언과 함께 병원에 간 팀닥터의 연락을 알렸다.

"감독님, 지금 막 연락이 왔습니다."

"뭐라고 하던가요?"

"아무래도, 다음 경기는 힘들 거 같다고 하더군요."

"……"

원지석은 말없이 하늘을 올려다보았다.

비가 오려는 건지, 흐릿했다.

"먼저 갈게요."

케빈에게 그 말을 남긴 원지석이 그라운드를 떠났다.

라커 룸으로 가는 터널.

그 긴 길을 혼자 걷던 그는.

"아."

원지석은 순간적으로 시야가 검어지고, 다리에 힘이 풀리는 걸 느꼈다. 겨우 벽을 짚고 버티며 쓰러지는 것만은 면할 수 있었지만.

'이거 안 좋은데.'

슥, 코 밑을 문지르니 피가 묻어 있었다.

"후우."

벽에 몸을 기댄 그가 한숨을 쉬었다.

정신적으로 엄청난 부담이 갔던 경기인 만큼, 이번엔 그 반동이 컸다.

하지만 아직 쓰러질 수는 없었다.

그가 쓰러질 장소는 이곳이 아니었다.

'조금만 더 참자.'

원지석은 얼마 남지 않은 터널을 걸었다.

68 ROUND
피날레

「[BBC] 잉글랜드, 사상 첫 유로 결승 진출!」
「[스카이스포츠] 역사를 쓴 원지석!」

잉글랜드 전역에 원지석을 찬양하는 노랫소리가 울려 퍼졌다.

국민 감독이라 불렸던 바비 롭슨도 가지 못했던, 제임스와 앤디라는 전설적인 선수들이 있었을 때에도 밟아보지 못했던 무대.

원지석은 삼 사자 군단을 거기까지 끌어올린 것이다.

「[타임스] 유로 4강전, 이번 대회에서 반드시 봐야 할 경기」

또한, 잉글랜드와 이탈리아의 경기는 많은 사람에게 호평을 받았다. 사실상 결승전이라는 말이 아깝지 않았으며, 누군가는 결승을 보지 않아도 이 경기는 꼭 봐야 한다는 평가를 남길 정도였다.

"이탈리아는 아주 힘든 상대였습니다. 까딱하면 경기가 뒤집어질 뻔한 적이 몇 번 있었죠."

경기 후 인터뷰에서 원지석은 상대 팀을 추켜세웠다.

감독인 오르텐시오와 프란체스코를 비롯한 선수들이 보여준 뛰어난 퍼포먼스를 생각한다면, 그들은 칭찬받을 자격이 충분한 팀이었다.

"승패를 만든 차이가 뭐라고 생각하시나요?"

"차이라기보다는, 그저."

기자의 질문에 잠시 말끝을 흐린 그가 말을 이었다.

"질 수 없는 이유가 있었기 때문입니다."

국가적인 라이벌 의식, 프란체스코라는 역린, 그리고 부상으로 아웃 된 라이언.

이 모든 게 선수들을 자극했다.

「[가디언] 원지석, 라이언의 교체 이유는 부상 때문이다」

오늘 기자회견에서 가장 많이 받은 질문이 있다면 바로 라이언에 대한 것이었다.

기자들은 전반전 최고의 선수가 갑자기 사라진 이유를 물었고, 원지석은 부상 사실을 알렸다.

"네, 하프타임 때 부상을 확인했으며 병원에 가도록 지시했습니다."

"그렇다면 현재 라이언의 상태는 어떻습니까?"

"확실한 결과는 조금 더 기다려야 알겠지만, 큰 부상은 아닙니다. 다만 결승에 출전할 수 있을지는 모르겠군요."

사실상 출전에 대해 회의적인 반응이었다. 기자들은 그 뉘앙스를 어렵지 않게 눈치챘다.

그 뒤로 라이언을 대체할 선수로 누구를 생각하냐는 질문과, 결승까지 뛰어난 활약을 보여준 잉글랜드 선수들을 칭찬하는 말이 이어졌다.

몇 개의 질문이 더 오가고.

슬슬 마무리할 분위기가 되자 한 기자가 마지막 질문을 꺼냈다.

"원 감독님! 감독님은 결승까지 가는 게 불가능할 거라던 이 팀을 이끌고 여기까지 왔습니다. 현재 소감이 어떠신가요?"

"기쁘네요. 저에게 있어선 매우 특별한 결승전입니다. 귀여운 제자도 보고 말이죠."

"하하, 귀엽다기엔 퍽 살벌하지 않았나요?"

여기 있는 모두가 카메라를 향해 살기를 뿜어내던 벨미르를 기억했다. 어쩌면 다혈질인 녀석의 성격을 긁기 위한 심리전인 걸까?

"그 귀여운 제자에게 전해줄 말이 있다면?"

"좋아요. 당신들을 위한 기삿거리를 주죠."

어깨를 으쓱인 원지석이 마지막 말을 던졌다.

"결승에서 녀석을 위한 축구 레슨이 열릴 겁니다."

기자들의 함박웃음과 함께, 기자회견이 끝났다.

*　　　　　*　　　　　*

유로 개막전부터 축제처럼 흥겹던 잉글랜드의 분위기는 이제 절정에 달했다. 결승까진 시간이 한참 남았는데도 벌써 숙취에 시달리는 이들이 나올 지경이었다.

그리고 유로 2036의 결승전이 열릴 장소.

웸블리.

텅 빈 경기장에 홀로 앉은 원지석은 그 넓은 공간을 멍하니 바라보았다.

'어릴 때는 이곳에 서는 게 꿈이었지.'

야망이란 게 뭔지도 몰랐던 어릴 때의 일이었다. 조제 무리뉴를 따라 이곳에 왔을 땐, 당장 오늘을 살아가는 것도 벅찼으니까.

마냥 축구의 성지라는 이곳에 서고 싶다. 그거뿐이던 시절도 있었는데.

그랬던 꼬마가 지금.

종착역에 다다랐다.

"여기 있었군요."

그때 뒤에서 들려온 목소리에 원지석이 고개를 돌렸다.

거기엔 FA의 새로운 실세가 된 남자, 헨리 모건이 있었다.

"여기엔 무슨 일로?"

"무슨 일이긴요. 일 이야기를 하러 왔죠."

"…꽤 뻔뻔해졌군요."

"누구 덕분에 말입니다."

천연덕스럽게 자기 옆에 앉는 그를 보며 원지석이 한숨을 쉬었다.

"제가 여기 있는 건 어떻게 알았습니까?"

"잉글랜드 감독이 어디에 있는지는 파악해 둬야죠."

"……."

"그런 눈으로 보지 마십시오. 그냥 구장 관리인이 말해준 거니까."

그 말을 끝으로 잠시 대화가 끊겼다.

목을 가다듬은 헨리가 다시 입을 열었다.

"솔직히 말해서 기대 이상의 성과입니다."

원지석이 지휘봉을 잡은 삼 사자 군단에 관한 이야기였다.

FA의 냄새나는 순혈주의자들마저 이 감독이 이룬 성과에 입을 다물었으니, 아니, 오히려 재계약도 다른 파벌에서 먼저 건의했을 정도였다.

"그거 참 고맙군요."

"뭘요. 그래서 말입니다만."

헨리가 본격적인 안건을 꺼내기 위해 운을 뗐다.

"결승 결과에 상관없이, 저희 FA는 당신과 재계약을 맺고 싶습니다."

결과에 상관없다는 것.

즉, 트로피를 따지 못한다고 해도 재계약을 맺고 싶다는 뜻이었다.

원지석의 계약은 이번 유로를 끝으로 만료된다. 그때가 된다면 침을 흘릴 구단이나 나라가 한두 곳이 아니겠지. 어쩌면 이미 접촉을 했을지도 모르겠다.

"파격적이군요."

"파격적인 성과를 이루셨으니까요. 당신은 그럴 자격이 충분합니다."

헨리의 제안에 원지석은 입을 다물었다.

"지금 당장 대답하실 필요는 없습니다. 부담을 가질 필요도 없고요."

"헨리."

원지석의 대답은 조용했다.

"거절할게요."

"음, 생각보다 빠른 거절이군요. 혹시 무언가 불만이 있으신 건?"

"아뇨. 당신은 확실히 일을 잘하는 사람이에요. 제가 아는 사람 중에선 두 번째로."

첫 번째는 그의 에이전트였다.

"아무튼, 당신이나 팀에 불만이 있어서 재계약을 거절하는 건 아니라는 겁니다."

원지석은 몸을 일으켰다.

"여기가 제 마지막이니까요."

"그 말은……."

헨리는 말을 잇지 못했다. 모든 걸 이해한 그는 고개를 끄덕이며 원지석의 결정을 존중해 주었다.

"그렇다면 어쩔 수 없군요. 제가 간섭할 수 있는 영역이 아니니까요."

"고맙군요."

그렇게 훈련장에 복귀한 원지석은 결승전을 위해 모든 걸 쏟아부었다.

남은 시간은 얼마 남지 않았고, 선수들의 체력은 한계에 가깝다. 여기서부턴 그들이 그동안 어떤 땀을 흘렸느냐가 중요할 때였다.

"흠."

원지석은 전술 보드를 보며 침음성을 흘렸다.

고민거리가 있다면 아직도 텅 빈 왼쪽 풀백이었다.

더 정확히는 결장이 확실시되는 라이언의 빈자리가.

'설마 이 정도일 줄은.'

사실 처음 라이언을 데려올 땐 어디까지나 땜빵에 가까웠는데, 녀석은 지금까지 본인의 역할을 완벽하게 해냈다. 그렇기에 그 공백은 상상 이상으로 컸다.

이제 그 라이언마저 부상으로 빠져야 한다.

그렇게 골머리를 앓고 있던 찰나에.

사무실의 문이 거칠게 열렸다.

쿵!

감히 노크도 없이 들어오는 녀석은 한정되어 있었고, 거기다 이런 식으로 들어오는 녀석은 하나뿐이었기에 원지석이 한숨을 쉬었다.

"무슨 일이지?"

"……."

"라이언."

문을 열고 들어온 이는 라이언이었다.

녀석은 오른쪽 무릎을 붕대로 감쌌음에도 아무렇지 않은 척 걸었다. 자신의 몸 상태는 멀쩡하다고 어필하는 거겠지. 원지석은 입가를 쓸었다.

"……."

"……."

잠시간의 침묵이 돌았다.

그때 있었던 작은 다툼 이후 둘은 여전히 말을 나누지 않은 상황.

서로에게 날을 세웠던 적은 그때가 처음이라, 어쩌면 서로 무슨 말을 해야 할까 망설이는 걸지도 몰랐다.

먼저 입을 연 건 원지석이었다.

"그래서, 아무 말도 안 할 거냐?"

"은퇴하겠다."

"뭐?"

가볍게 꺼낸 말에 폭탄이 되돌아오자 머리가 멍해진 원지석이 무심코 되물었다. 하지만 라이언의 진지한 표정을 보니, 아무래도 잘못 들은 게 아닌 모양이었다.

"라이언은 결승이 끝나고 은퇴해도 상관없다. 아니, 은퇴하겠다!"

그러니까.

선발이 아니어도 좋으니 경기에 나가고 싶다는 말에 원지석은 눈을 감았다.

이 녀석은 지금, 감독에게 스스로 죽여달라는 부탁을 하는 거였다.

"멍청한 녀석……!"

쑤셔오는 두통에 그가 한숨을 쉬었다.

고민거리가 하나 더 늘었다.

*   *   *

결승.

대망의 결승전이 다가온다.

그 시간이 가까워질수록 잉글랜드는 고조되어 가고 있었다.

"그러니까 왜 안 된다는 겨!"

"당연히 말도 안 되는 소리니까 그렇죠!"

결승전에 수술이 예정되었던 환자는 지금 당장 수술을 해달라며 요구했다. 그게 안 되면 킥오프 전에 끝내달라고 떼를 쓰는 게 아닌가?

이런 환자가 한두 명이 아니어서 의사와 간호사 모두가 질색할 정도였다.

"하하, 저도 그때는 쉬어야죠."

원지석의 주치의 역시 휴일을 예고했다.

다른 사람들처럼 축구를 즐기기 위해서가 아니다. 혹시 모를 상황을 대비해 달라는 원지석의 요청이 있어서였다.

그는 잉글랜드의 벤치 뒤에서 감독만을 지켜볼 것이다.

─녀석들은 매우 잘하고 있어요.

─물론 저희들이 현역 시절에 우승을 하지 못한 건 아쉽지만, 이렇게라도 잉글랜드의 우승을 위해 도움을 보탠다는 건 기쁜 일입니다.

때마침 TV에선 유로 결승에 대한 방송이 나오고 있었다.

킴, 제임스, 앤디가 코치로라도 결승 무대를 밟는 것에 대한 소감을 이야기하는 중이었다.

역시 후배들을 칭찬하는 내용이 주를 이루었으며, 그러면서도 잘난 척을 하는 제임스, 그걸 무시하는 앤디는 묘한 방송 포인트였고.

─그리고 킴, 당신의 향후 거취에 대해 이런저런 이야기가 많아요.

─음, 그런 루머들은 저도 봤지만, 지금으로선 할 말이 없습니다. 대략적인 결정은 유로가 끝난 뒤에 정해질 거 같네요.

유망한 감독 매물로 꼽히는 킴의 거취 역시 사람들의 관심사 중 하나였다.

그동안은 유로를 이유로 답을 피했지만, 슬슬 그 떡밥이 재점화될 시기이기도 했다.

이번에도 킴은 정확한 대답 대신 의뭉스러운 미소를 지으며 사람들의 관심을 끌었다.

「[BBC] 주여, 우리를 지켜주소서」

한편 그런 제목으로 게재된 기사에는 런던을 상징하는 시계탑, 빅벤이 있었다. 그 빅벤에는 잉글랜드를 응원하는 큰 걸개들이 있었는데, 기사 제목은 그 문구 중 하나를 따온 거였다.

「[스카이스포츠] 원지석, 명예 훈장을 받는다?」

또 한 가지 놀라운 소식이 들렸다. 바로 대영제국 훈장 수상 가능성에 대해 논의 중이라는 소식이.

잉글랜드인에게 있어서 최고의 영광인 대영제국 훈장.

비록 원지석은 외국인이었기에 명예 훈장을 받는다고 하더라도, 그 가치를 무시할 사람은 없다.

　프리미어리그에서 수많은 트로피를 들어 올렸고, 유럽 대항전에서 승리하며 영국 축구의 위상을 드높인 감독. 그런 감독이 이제 첫 유로 트로피를 목전에 두고 있다.

　받을 이유로는 차고 넘쳤다.

　「[타임즈] 원지석, 옛 제자에게 축구 레슨을 시켜주겠다」

　「[가디언] 제물이 되길 원치 않는 벨미르」

　"아직 잊고 있는 사람들이 있는 모양인데, 저희의 목적은 처음부터 잉글랜드를 박살 내는 거였습니다."

　벨미르는 처음 잉글랜드에 왔을 때부터 그 목적을 분명히 전했다.

　잉글랜드를, 원지석을.

　확실하게 박살 내는 것.

　그들은 폭군의 분노를 받아야 한다.

　그리고 마침내.

　경기 당일.

　웸블리는 뜨겁게 달아올랐다.

*　　　　　*　　　　　*

결승전이 열릴 웸블리 주변은 엄청난 인파로 발 디딜 틈이 없을 정도였다.

워낙 관심을 많이 받는 경기였고, 자연스레 표를 구하지 못한 사람들이 넘쳤다.

그런 이들을 위해 런던 시에선 트래펄가광장을 비롯한 여러 장소에 거대 스크린을 설치해 거리 응원을 장려했다.

"이봐 형씨, 표 필요해?"

먹음직스러운 음식에 파리가 꼬이듯, 어두운 유혹을 내미는 암표상들 역시 적지 않았다. 암표를 단속하겠다는 대대적인 통보에도 불구하고 파리 같은 놈들은 끈질기게 마련이었다.

한편 웸블리에선.

"저기 봐!"

"왕세자야!"

사람들의 웅성거림이 커졌다.

투명한 VIP 라운지 중 한 곳, 그곳에 영국 왕족들의 모습이 보였기 때문이다.

그중에서 가장 유명한 얼굴이라면 역시 왕세자 가족들이라 할 수 있었다.

커다란 전광판에 왕세자 부부의 모습이 잡히자, 그들은 카메라가 있는 쪽을 보며 미소와 함께 손을 흔들어주었다. 사람들은 박수로 화답했다.

유명인은 그들뿐만이 아니다.

전 세계적으로 명성을 떨치는 록밴드의 보컬, 모델, 배우 같은 잉글랜드 출신 셀럽들을 찾는 건 어렵지 않았으며.

원지석의 가족들도 사전에 배정받은 VIP 라운지에 모습을 비쳤다.

―아, 축구인들에겐 반가운 얼굴들도 있군요.
―네, 조제 무리뉴 감독입니다.

한때 세계 최고의 감독이라 불렸던 무리뉴의 모습이 잡히자 관중들 사이에서 작은 환호가 나왔다. 그는 VIP 라운지가 아닌 일반 관중석에 있었는데, 옆에 있던 이들은 신기하단 눈으로 그를 보았다. 이런 것도 직관의 수많은 재미 중 하나였다.

"먼저 와 계셨네요."

"조금 전에 왔네."

그때 그 옆에 앉은 사람이 있었다.

4강에서 잉글랜드와 혈전을 벌인 이탈리아의 감독, 오르텐시오가.

둘은 서로 안면이 있는 듯 인사를 나누었다.

무리뉴는 인테르에서 전설적인 업적을 기록한 감독이고, 오르텐시오야 이탈리아 출신의 현재진행형 전설이니 인연이 있을 법도 했다.

"어떻게 보세요? 이번 경기."

"글쎄, 어느 쪽이 이기든 재미있는 스토리 아니겠나."

"그렇긴 하죠."

둘이 그런 잡담을 나누며 시간을 보낼 때, 때마침 잉글랜드 선수들이 몸을 풀기 위해 먼저 경기장에 모습을 드러냈다.

와아아!

이안! 이안!

리아암!

사람들은 트레이닝복을 입은 그들을 보며 미친 듯이 소리를 질렀다. 아이돌 부럽지 않은 함성이었다. 그들의 홈그라운드인 웸블리였기에 가능한 열기였지만 말이다.

원! 원! 원!

"주인공이 왔네요."

"흠."

턱을 괸 오르텐시오가 터널을 나오는 원지석을 보며 중얼거렸다.

무리뉴는 장성한 자식을 보는 아버지처럼 흐뭇한 미소를 지었다.

그때 그 꼬마가 이렇게까지 성장하다니, 언제 봐도 묘한 기분이었다.

원지석은 수석 코치인 케빈과 대화를 나누고 있었다.

"케빈, 선수들 몸 상태는요?"

"완벽해."

"좋은 보고네요."

그는 뒤이어 들어온 보스니아 선수들을 보며 안경을 고쳐 썼다.

보스니아의 가장 큰 특색은 기계 같은 조직력과 활동량이다.

대신 선수들의 개인 기량이 특출한 편은 아니라, 경기마다 공격적인 작업에 애를 먹은 보스니아였다. 그중에는 연장전까지 간 경기도 있었고.

"우리에겐 유리한 변수네요."

"뭐, 그렇지."

안 그래도 전술상 많은 거리를 뛰는 보스니아인데, 결승전까지 온 지금이라면 체력적인 한계에 부딪히고 있을 터.

때문에, 그들이 겪은 연장전은 중요한 변수가 될 수 있다.

그때 벨미르가 이쪽을 보았다.

"크크, 새끼가."

"하아……"

목을 긋는 제스처를 보이는 녀석을 보며 원지석은 쓴웃음을 지었다.

그렇게 양 팀 모두 몸을 푸는 시간을 보내고, 킥오프 시간이 가까워짐에 따라 다시 라커 룸에 돌아갔다.

"죽여."

"죽여!"

"우워어!"

보스니아의 라커 룸 대화는 매우 단순했다.

그들은 이미 폭군에게 동화된 광전사들이었다.

벨미르의 명령이라면, 망설이지 않고 지옥 불에 들어갈 귀신들이기도 했다.

"모두, 준비는 됐나?"

"……."

잉글랜드의, 원지석의 라커 룸 대화는 조용하면서도 기백이 넘쳤다.

그 분위기에 압도된 선수들은 홀린 듯이 고개를 끄덕였다.

원지석은 만족스럽게 웃었다.

"피날레를 장식할 시간이다."

"예!"

분위기가 달아올랐다.

이건 선수들에게만 해당하는 이야기가 아니다.

유니폼으로 갈아입은 선수들이 다시 경기장에 들어오고, 주심의 휘슬을 기다린다.

어느새 웸블리를 가득 채운 9만 명의 사람들도 흥분된 모습으로 숨을 죽였다.

─양 팀 모두 그들이 사용할 수 있는 베스트 일레븐을 뽑았습니다.

─보스니아는 한 명의 수비형미드필더를 두며 역삼각형의 중원을 짠 433이군요.

─네, 잉글랜드는 이번엔 442의 진형을 짰습니다.

─이번 유로 2036에서 가장 뛰어난 활약을 보인 듀오가 또 한 번 투톱을 이루었군요.

잉글랜드의 최전방은 이안과 제프가 호흡을 맞췄으며.

중앙미드필더로 나선 리암이 주장 완장을 찼고.

존 모건이 최후방을 수호하며, 오른쪽 풀백으로는 역습의 첨병인 윌킨스가 있었다.

─잉글랜드 같은 경우는 라이언의 빈자리를 다른 선수로 메꿨네요. 지난 이탈리아와의 경기에서 라이언을 대신해 들어갔던 선수가 이번엔 선발 자리를 차지했습니다.

잉글랜드의 왼쪽 풀백은 그동안 백업으로 활약하던 선수가 그 자리를 대신했다. 이탈리아전에서도 급하게 들어가 무난한 활약을 했기에 어찌 보면 당연한 선택이었다.

─아, 그리고.

─벤치에는 라이언이 있군요.

카메라가 라이언을 잡았다.

굳은 얼굴로 그라운드를 지켜보는 그 모습에선 결연한 마음가짐마저 느껴질 정도였다.

이는 다른 선수들에게도 영향을 끼치고 있었다. 베테랑만이 벤치에서 낼 수 있는 순기능이었다.

그리고.

이게 원지석의 선택이다.

만약 본인이 선발을 고집했다면 망설이지 않고 명단에서 제외했겠지만, 녀석은 벤치에서 치어리더 역할이라도 문제없다는 뜻을 전했다.

그 정도라면 괜찮다.

되도록 그런 일은 없었으면 좋겠지만, 이미 진통제를 맞은 라이언은 언제라도 뛸 의욕을 드러내고 있었다.

'두 가지인가.'

라이언이 교체로 들어갈 경우의 수는 두 가지가 있었다.

하나는 경기가 수월하게 풀려 막바지에 예우차 들어가는 거였고.

다른 하나는.

대체로 선발된 풀백이 엉망일 정도로 못했을 때, 정말 급한 상황이라면 고민할 카드였다.

그게 기우로 끝났으면 좋겠다만.

삐이익!

약간의 고민과 함께 경기가 시작되었다.

─유로 2036! 그 결승전! 잉글랜드와 보스니아의 경기를 알리는 휘슬이 지금 막 울렸습니다!

─과연 이번 유럽 최강국은 어디가 될지, 기대되네요!

많은 사람이 잉글랜드의 우세를 평가했다. 승부에선 그 누구보다 냉정할 도박사들도 이에 동의하며 잉글랜드의 배당이 더 낮은 편이었다.

그런데도 사람들이 잉글랜드의 우승을 확신하지 않은 건,

축구공은 둥글기 때문이다.

보스니아 역시 우승 후보라고 불렸던 팀들을 꺾고 여기까지 왔다.

결승전.

어떤 일이든지 일어날 수 있는 무대.

지금까지의 평가는 이제 의미가 없다.

─두 팀이 맞붙습니다!

─처음부터 아주 격렬하군요!

양측 모두 경기에 임하는 콘셉트는 명확했다.

강한 압박.

상대를 지배하기 위해 압박한다.

상대에게서 공을 뺏어 오기 위해 압박한다.

차이점이 있다면 보스니아는 빠른 역습을 노렸고, 잉글랜드는 더 정확한 공격을 원했다는 것. 시작부터 치열한 경기를 관중들은 들뜬 눈으로 지켜보았다.

"윌킨스!"

"어! 이쪽으로!"

리암의 패스가 부드러운 선을 그리며 측면으로 향했다. 이를 받은 윌킨스는 긴 터치로 보스니아의 압박을 따돌리고선 드리블을 시작했다.

"시발, 내가 다 해먹는다."

윌킨스는 그 어느 때보다 고무된 상태였다.

역사적인 결승전.

그런 경기에 선발로 뽑힌 데다, 라이언이 부상으로 빠진 만큼 풀백의 공격적인 모습은 그에게서만 기대할 수 있는 상황.

막중한 임무에 어깨가 어느 때보다 무거웠다.

'새끼들, 돌아가면 자랑질 좀 해야지.'

훈련장에서 제프와 나눈 이야기가 떠올랐다.

노팅엄 포레스트나, 뉴캐슬 유나이티드나, 두 팀 모두 유럽 클럽 대항전과 인연이 멀었기에 이런 경기를 뛰는 것만으로 충분한 자랑거리가 된다.

그리고.

윌킨스가 동료들의 반응을 상상하던, 그 아주 잠깐의 찰나.

보스니아의 선수가 공을 빼앗는 데 성공했다.

─태클에 성공하는 보스니아!

─아주 저돌적인 태클이었어요!

"미친 시, 발!"

공을 뺏긴 윌킨스가 황급히 되돌아갔지만 이미 늦었다.

보스니아는 반대쪽 측면으로 길게 공을 연결했고, 이를 측면공격수가 원터치로 전방에 연결. 오프사이드트랩을 뚫은 풀백이 다시 페널티에어리어로 패스를 찔렀다.

이를 스트라이커가 마무리할 때까지, 그리 긴 시간이 걸리지 않았다.

철썩!

공이 골 망을 흔드는 소리가, 조용히 퍼졌다.

―어? 어, 어어어!

―고오올! 골입니다, 골!

―벼락같은 선제골을 기록하는 보스니아!

웸블리가, 더 크게는 잉글랜드 전역이 잠시 침묵에 싸였을 것이다.

단 한 사람을 제외하고선.

"우워어어! 으아아아!"

골이 인정되자마자 괴성과 함께 벤치에서 튀어나와 무릎을 미끄러뜨리는 자가 있었다. 보스니아의 감독인 벨미르였다.

와아아!

그제야 웸블리를 찾은 보스니아의 원정 팬들도 함성을 지르기 시작했다.

"윌킨스! 너, 이 새끼!"

원지석은 격양된 상태로 실점의 빌미를 내준 윌킨스에게 소리쳤다. 잠깐 정신을 다른 곳에 팔았다는 걸 모를 수가 없었기 때문이다.

"히익!"

"정신 똑바로 차려!"

자신을 향한 살벌한 눈빛에 윌킨스는 숨이 막히는 걸 느꼈다. 원지석 역시 그 이상의 말을 하진 않았다.

아직 남은 시간은 많았고, 처음부터 선수를 너무 갈구면 심적 부담감에 짓눌리는 경우가 있었다.

"그리고 너희들도! 다 같이 넋 놓고서 뭐 하는 거냐? 어?!"

원지석은 선수단 전체에게 각성을 촉구했다. 방금 건 절대 허용해선 안 될 실점이었다. 그걸 아는 존 모건은 무거운 얼굴로 고개를 끄덕였다.

그렇게.

잉글랜드가 실점 하나를 허용하고선.

경기가 재개되었다.

─빠르게 밀어붙이는 잉글랜드!

─이제 급한 쪽은 보스니아가 아니거든요!

그 말대로였다.

경기 처음부터 역습을 노리던 보스니아였는데, 이제 그들이 우위를 가져온 상황.

위험하게 맞불을 놓을 이유가 하나 없었다.

대신 보스니아가 역습을 시작할 땐 잉글랜드의 간담이 서늘한 상황이 연출되었다. 결국, 파울을 감수한 거친 플레이로 역습을 끊어낼 때가 있었는데.

삐익!

이번엔 조금 위험한 위치에서 프리킥을 내주게 되었다.

—아, 결국 주심이 카드를 꺼내는군요. 오늘 첫 번째 옐로카드가 나왔습니다.

옐로카드를 받은 이는 존 모건과 함께 짝을 이룬 센터백이었다. 이전에도 몇 번 거친 플레이를 해서 구두 경고를 받았었는데, 이번엔 그냥 넘어가지 않은 모양이었다.

—이제 잉글랜드는 수비적인 부담이 더욱 커지게 됐네요.
—네, 아무래도 카드를 받은 게 센터백이니까요.

그들이 그런 말을 하는 사이에 보스니아가 프리킥을 찰 준비를 끝냈다.

키커로 나선 선수는 두 명.

주심의 휘슬이 울리자 한 명의 선수가 나아갔다.

공을 차는 척하다가 그대로 지나가는 그를 보며 잉글랜드 선수들은 눈 하나 껌뻑하지 않았다. 뻔한 속임수였다.

곧이어 다른 키커가 달릴 준비를 했다.

이게 진짜.

세트피스 수비를 하던 잉글랜드 선수들의 눈이 빛나던 찰나.

모두의 예상을 깨고.

맨 처음 페이크를 주고 슬금슬금 앞으로 가던 보스니아 선수가 속력을 올렸다.

"뭐?"

잉글랜드 코치마저 입을 멍하니 벌렸을 때.

프리킥 키커의 스루패스가 속임수를 줬던 녀석의 발 앞에 도착했고.

쾅!

환상적인 곡선을 그린 슈팅이 골문을 향해 휘었다.

*　　　　　*　　　　　*

"하하, 내가 말했지! 당신을 박살 내겠다고!"

멀리서 들리는 벨미르의 도발에 원지석은 반응하지 않았다. 유치한 도발에 어울려 주기엔, 그만큼 상황이 좋지 못했다.

"모두 들어가! 남은 시간 동안 밀어붙인다!"

곧 있으면 전반전이 끝난다. 할 말은 많지만 유의미한 변화를 만들긴 어려운 시간이었다. 때문에 원지석은 총공격이라는 명령을 내렸다.

두 골을 모두 만회하라는 게 아니다.

단 한 골이라도 넣는다면, 추격하는 입장에선 의욕을 불태울 동기가 될 수 있기 때문이다.

―침투를 시도하는 제프! 하지만 쉽지 않습니다!

―보스니아가 준비를 많이 하고 왔군요!

그들은 마치 대회 전부터 제프에 대비한 것처럼 잉글랜드의 공격을 틀어막았다. 마치 군대의 방진이 떠오를 정도로 뛰어난 조직력이었다.

"좋아, 좋다고!"

벨미르는 꽉 묶인 잉글랜드의 공격을 보며 미친 듯이 웃었다.

집착 하나만으로 대회 전부터 준비했던 잉글랜드 대응책이 빛을 보고 있었다.

물론 방심할 생각은 없다.

특히 제프, 저 쥐새끼 같은 녀석은 요주의가 필요했다.

'이탈리아 놈들이 좆같긴 해도 삼류는 아니니까.'

프란체스코를 위시한 이탈리아의 카테나치오는 벨미르도 상당히 높게 치던 방패였다. 그런 방패를 상대로 골을 넣은 게 제프다. 지금 당장은 이안의 퍼포먼스가 뛰어났지만, 언제 또 골을 박을지 모르는 무서운 쥐새끼였다.

―멀리서 슈팅을 감아보는 이안!

―아! 골대를 맞고 튕깁니다!

―오늘 잉글랜드는 운마저 따라주지 않네요!

"아니, 이게 안 들어가?"

이안이 두 손으로 머리를 쥐며 혀를 내밀었다.

선수 생활을 하면 어떤 짓을 해도 풀리지 않는 경기가 있다. 하필이면 오늘 그런 느낌을 받는 중이었고.

삐이익!

결국.

전반전을 끝내는 휘슬 소리가 울렸다.

—충격적인 상황의 연속입니다! 현재 스코어는 2 : 0으로, 보스니아가 앞서고 있는 상황! 설마 경기 시작부터 잉글랜드가 이렇게 끌려 다닐 거란 생각을 한 사람이 있을까요?

카메라가 두 감독을 잡았다.

앞서고 있는 벨미르는 이를 드러내며 웃었고.

뒤지고 있는 원지석은 입가를 쓸며 어두운 얼굴을 감췄다.

—과연 하프타임 동안 어떤 일이 있을지, 저희는 후반전에 다시 뵙겠습니다!

잠깐의 휴식 시간은 선수에게만 주어진 게 아니다. 경기장을 가득 채웠던 관중들도 이때를 기다렸다는 듯 화장실에 가거나 떨어진 음료를 샀다.

"설마 진짜 지는 건 아니겠지?"

"설마 지겠어?"

"아니, 봐봐. 전반전부터 두 골 차이잖아."

"보스니아한테 이렇게 처맞다니, 굴욕이야."

잉글랜드 국민들의 얼굴은 썩 밝은 편이 아니었다. 누군가는 불만을 토하기도 했다.

기대가 컸던 만큼, 트로피가 멀어져 가는 이 상황에 더욱 실망이 큰 걸지 몰랐다.

그런 수군거림을 들은 오르텐시오가 피식 웃음을 터뜨렸고, 그 모습이 이상했는지 옆에 있던 무리뉴가 물었다.

"왜 웃나?"

"그냥, 예전 생각이 나서요."

오르텐시오는 말을 이었다.

"혹시 말입니다. 원 감독이 가장 무서울 때가 언제인지 아십니까?"

"글쎄?"

무언가 떠오른 무리뉴가 쓴웃음을 지었다. 무서울 때야 많았지. 차별과 굶주림에 맞서 싸우며 자랐던 어렸을 때는 그야말로 짐승에 가까웠으니까.

"…제가 아는 사람과는 매우 다르군요."

한숨을 쉰 오르텐시오가 괜스레 머리를 정리했다.

그래서 하고 싶은 말이 뭐였냐면.

"저는 나름대로 원과 수많은 대결을 펼쳤어요. 챔피언스리그, 한때는 라리가에서 맞붙기도 했었고."

특히 라리가에서 몇 번이나 있었던 맞대결을 통해 더욱더 뼈저리게 깨달은 걸지도 몰랐다.

그래.

원지석이 가장 무서울 때가 언제냐면.

"바로 지고 있는 상황에서의 원입니다."

맹수는 상처를 입었을 때가 가장 무서운 법이다.

*　　　　　*　　　　　*

"대체 뭐 하자는 거냐?"

무미건조한 목소리.

하지만 그 안에 숨겨진 서슬 퍼런 칼날에 선수들은 등골이
싸해지는 걸 느꼈다.

"홈그라운드에서, 그것도 국민들이 보는 앞에서, 지금 그게
국가대표란 놈들이 할 플레이냐?"

이윽고 그는 한숨을 내쉬었다.

"너희들은 부끄러움도 없구나."

원지석은 전반전에 선수들이 범했던 정신적인 실수를 꼬집
었다.

"너, 아까 손은 왜 든 거냐? 손 들어서 뭐 하게? 그러면 부심
이 생각을 바꿀까? 골이 취소라도 될까?"

첫 실점 때.

보스니아 선수가 오프사이드트랩을 뚫었을 때, 쫓아가지 않
고 부심을 바라보며 손만 든 선수에게 하는 말이었다.

"너희들은 공격할 때 전혀 마음이 맞지 않더구나. 왜 옆을 보지 않는 거냐?"

두 골이나 먹혔다는 조바심 때문일까, 선수들은 중간중간 개인적인 플레이를 할 때가 있었다.

송곳 같은 말이 계속해서 선수들을 찔렀다.

구구절절 옳은 말이었고.

동시에 라커 룸의 분위기는 매우 무거워졌다.

자괴감과 회의감이 선수들을 덮친 것이다.

'과연 내가, 우리가 이 경기를 뒤집을 수 있을까?'

원지석의 말처럼 전반전에 잉글랜드가 보여준 플레이는 형편없었다.

반면 보스니아는 팀으로서 완벽에 가까운 플레이를 펼쳤다. 연장전까지 뛰고 온 보스니아였기에 어떠한 변명도 통하지 않는 상황.

"……."

가라앉은 선수들을 지켜보던 원지석이 그다음 말을 준비했다.

평소의 그였다면 이 정도까지 선수들의 멘탈을 한계로 몰지 않았을 테지만.

오늘, 지금 이 상황에서만 쓸 수 있는.

분위기를 반전시킬 카드를 가지고 있었기 때문이다.

"너희들에게만 힐 이야기가 있다."

그들은 멍하니 감독의 입을 보았다.

"나는 오늘 이 경기를 마지막으로 삼을 생각이다. 국가대표 팀에서의 마지막이란 소리가 아니야."

"너, 그게 무슨!"

"……!"

케빈이 놀라 물었지만 원지석은 대답하지 않았다.

선수들 역시 그 뜻을 이해했는지 굳은 얼굴이 되었다.

"나는 내 마지막 커리어를, 끝을 준우승으로 마무리하긴 싫다. 너희들은 어떠냐? 눈앞에서 트로피를 놓치고 싶은 사람? 혹시 있나?"

잉글랜드 선수들은 그 물음에 아무도 동의하지 않았다.

"없겠지. 그건 당연한 거야. 그리고 우리는 어쩌면 운이 좋은 편이라 할 수 있다. 이런 상황을 뒤집어서 우승해 버린다는 건… 매우 특별한 거거든."

원지석은 미소를 지었다. 자신감이 넘치는 미소를.

선수들 역시 자기도 모르게 미소를 지었다.

이 특별한 상황에서.

이 특별한 감독에게, 그들은 홀리고 있었다.

"오늘 우리는 전설을 만든다. 이 웸블리에, 우리 이름을 영원히 남기는 거다."

하프타임이 끝났다.

다시 경기장에 들어가는 선수들은, 절망과 회의를 말끔하게 씻어내었다.

―자, 후반전이 시작합니다.

―전반전에는 보스니아가 엄청난 결정력을 보여주며 두 골을 앞섰거든요? 마찬가지로 잉글랜드가 경기를 뒤집을 가능성 또한 있습니다.

―사실, 경기 전엔 이런 가능성을 점치는 게 말이 안 됐었는데 말이죠.

―그러게 말입니다. 그 누가 이런 상황을 상상했을까요?

한편.

잉글랜드의 분위기가 바뀌었다는 걸 눈치챈 사람들이 있었다.

"흐으음."

흥미롭다는 듯 턱을 괸 오르텐시오가 다리를 꼬았다.

기색이 달라졌다.

좀 더 정확히 말하자면 조급해하던 모습이 사라졌다.

그건 침울하게 가라앉았기보다는, 살짝 굳은 용암에 가까웠다. 굳어버린 겉모습에 시뻘건 속내를 숨겼다.

감독으로서의 커리어가 짧은 벨미르는 저게 무슨 의미인지를 알고 있을까?

아예 다른 팀이 됐다는 뜻이다.

저 팀을 감독하는 원지석이 부러웠고.

동시에 신수들을 저렇게까지 바꿔 버린 그에게 공포마저 느낄 정도였다.

"이건 모르겠군."

무리뉴 역시 흥미가 가득한 얼굴로 웃었다.

꽤 흥미로운 후반전을 기대하며.

삐이익!

마침내 경기가 재개되었다.

잉글랜드가 이 경기를 원점으로 되돌리기 위해선 최소 두 골이 필요한 상황. 그러나 그들은 급한 상황임에도 공격적으로 나서지 않아 사람들의 의아함을 자아냈다.

"뭐, 전반전이랑 별다른 점이 없는데?"

보스니아 선수들마저 그런 생각을 할 정도였다. 자신감이 붙은 그들은 이제 잉글랜드가 무섭지 않았다.

그런데도 보스니아가 공격적으로 나서지 않은 건, 굳이 그럴 필요가 없어서였다.

─한 가지 재미있는 기록이 있네요.

─뭔가요?

─벨미르가 지휘봉을 잡은 이후 보스니아는, 선제골을 기록한 경기에서 절대 지지 않았다는 겁니다.

─오, 그건 대단한 기록이군요.

그 기록이 무조건적인 승리를 의미하진 않지만, 한 번 잡은 기회를 놓치지 않는다는 뜻이었으니까.

그런 팀이 경기의 우위를 가져왔다.

방송을 지켜보던 잉글랜드 국민들의 표정이 어두워졌다.

물론 아직 남은 시간은 많다. 그리고 보스니아라고 해서 계속 웅크리고 있지만은 않았다. 그들 역시 적절한 기회가 오면 역습에 나섰으니까.

―또다시 몸을 날리는 존 모건의 다이빙 헤더!

―아슬아슬한 상황을 걷어내는군요!

하지만 보스니아가 무언가 이상하다는 걸 깨달을 때까지.

그리 오랜 시간이 걸리진 않았다.

"뭐야, 이 새끼들?"

"기분 나쁘게."

"야, 이거 도핑 검사 해야 하는 거 아니야?"

마치 마약에 취한 듯이, 무언가에 홀린 것처럼 움직이며 몸을 던지는데, 솔직히 말해 불쾌감마저 들 정도였다.

몸을 날렸던 존 모건이 고개를 들었다. 그는 묘한 웃음과 함께 몸을 일으켰다.

"흐흐."

아드레날린과 엔도르핀이 솟구쳤다. 덕분에 아픔이 느껴지지 않았다.

누군가는 과연 이렇게까지 해야 하겠냐고 묻겠지만, 적어도 지금 이 순간만큼은 확신할 수 있었다.

'당연하지.'

라커 룸에서 원지석이 한 말이 떠올랐다.

전설이 되자고.

이 웸블리에 영원히 남을 이름을 새기자고.

삼 사자 군단의 선수라면, 잉글랜드의 국민이라면 어찌 뻑이 가지 않겠는가.

그런 말을 그 상황에서 한다는 건 반칙이었다.

이게 그 혼자서만 느낀 감정은 아닐 것이다.

—존 모건이 클리어한 공이 리암에게로!

—잉글랜드가 속력을 올립니다!

지금까지 숨을 고르던 잉글랜드가 마침내 기어를 올렸다.

우선 한 골이 필요하다.

"이안!"

자신을 부르는 리암의 말에 이안은 말없이 손을 들었다. 언제든지 괜찮다는 신호였다.

보스니아 선수들은 이안을 경계하면서도 제프에게서 눈을 떼지 않았다.

이렇게 패스를 주는 척하며 제프에게 공을 연결하는 건 잉글랜드의 주요 득점 루트 중 하나다.

—패스를 받은 이안.

—다시 리암에게.

"저쪽 마크해!"

보스니아의 수비진들이 분주하게 움직였다.

역시 이 대 일 패스를 통한 제프의 마무리인가. 그런 생각을 하던 찰나에.

리암의 패스가 다시 한번 이안에게 향했다.

슬금슬금 움직이던 이안은 자신의 앞까지 미끄러지는 패스를 보며 환하게 웃었다.

"리암, 넌 역시 최고야."

제임스의 재림이라 불리는 스트라이커.

여기 웸블리에 모인 사람들은, 순간적으로 제임스의 모습을 보았다.

쾅!

사람들의 침묵 속에서 강하게 쏘아진 슈팅.

보스니아의 수비진들 역시 몸을 던졌지만, 오히려 그게 역효과가 되었다.

퉁!

센터백의 발끝에 걸린 슈팅이, 하필이면 각을 살짝 비튼 것이다.

그것도 하필이면 골키퍼의 역방향으로.

"……!"

눈을 부릅뜬 보스니아의 골키퍼가 반대쪽으로 몸을 던졌지만, 공은 이미 골라인을 넘어선 뒤였다.

골이었다.

경기 시간은 68분.

스코어는 2 : 1.

잉글랜드가 한 골을 만회했다.

＊　　　　＊　　　　＊

―고오올! 한 골을 만회하는 잉글랜드!

―이안의 강렬한 슈팅이었습니다!

골을 넣은 이안이 서둘러 공을 주웠다. 공을 주지 않으려는 보스니아의 골키퍼와 잠시 실랑이가 있었지만 그리 길진 않았다.

그렇게 골 셀레브레이션을 생략한 대신, 돌아오는 길에 어시스트를 찔러준 리암과 하이 파이브를 한 번 한 이안이었다.

"후우."

그제야 막힌 숨을 풀듯 이안이 긴 숨을 내쉬었다.

물론 긴장을 풀었다는 게 아니다. 그의 감각은 아직 날카롭게 서 있었다.

전반전에는 안 풀리는 날 특유의 느낌이었는데, 지금은 다르다.

하프라인에서 슈팅을 때려도 골이 들어갈 것만 같은 기분이었다.

"멍청한 새끼들!"

입고 있던 정장 외투를 거칠게 벗어 던진 벨미르가 선수들을 다그쳤다. 퍽 살벌한 분위기였다.

"벌써 경기가 끝난 거 같냐? 어? 다 같이 보스니아까지 헤엄쳐서 돌아갈까!"

꿀꺽.

그 흉흉한 기세에 보스니아 선수들이 침을 삼켰다.

진짜 수영을 시키진 않겠지만, 그에 맞먹는 짓을 저지르고도 남을 감독이란 걸 모두가 알고 있었다.

"설마 진짜 그러진 않겠지?"

"다들 혹시 모르니까 여권 숨겨둬요."

보스니아 코치들이 벨미르 몰래 수군거렸다. 다 같이 헤엄치자는 말에 그들 역시 포함되었기 때문이다.

수석 코치인 브레노는 조용히 고개를 끄덕이며 여권을 챙기자고 말했다.

벨미르의 방에 있던 종이 파쇄기가 머릿속에서 아른거렸다.

"브레노!"

"어, 어!"

자신을 부르는 소리에 브레노의 어깨가 움찔 떨렸다. 식은 땀을 흘리는 코치진이 이상하다는 듯 눈살을 찌푸린 벨미르는 곧 그들에게 물었다.

"그래서 어쩔까. 나는 이쯤에서 교체를 하고 싶은데."

"음, 조금 더 지켜보자."

"아니, 차라리 지금 교체하는 게 낫지 않을까요?"

감독의 물음에 코치들이 의견을 냈다. 특이하게도 보스니아는 전술 코치가 많았는데, 이는 벨미르의 부족한 전술 능력을 보완하기 위해서였다.

그래서 가십거리를 좋아하는 언론에서 말하길, 폭군과 신하들이라나.

의외로 이런 점은 보스니아가 이번 유로에서 성공을 거둔 큰 요인이 되었다.

"일단 몸만 풀게 해둬야겠네. 너희 네 명! 나와!"

물론 결정을 내리는 건 감독의 일이다. 그 점에 대해선 확실히 주지하고 있는 벨미르였다.

─벨미르 감독이 선수들에게 몸을 풀 걸 지시했군요. 수비수와 미드필더들입니다.

─아무래도 경기를 잠그려는 걸까요?

이러한 움직임을 잉글랜드 측에서 놓칠 리가 없었다.

원지석은 터치라인 근처에서 몸을 푸는 녀석들을 보았다. 심리전일까? 설마 그런 귀여운 짓을?

뭐, 지금은 집중력을 잃지 않는 게 우선이다. 그는 다시 경기에 집중했다. 잉글랜드는 천천히, 그러나 무겁게 보스니아의 숨통을 조이는 중이었다.

'선수들의 집중력이 올라간 게 커.'

지금 잉글랜드 선수들은 놀랄 만큼의 높은 집중력을 유지하고 있었다. 체력적인 한계마저 잊을 정도로 말이다.

집중력이 높아질수록 플레이의 실수가 줄어들고, 기회를 내주지 않는다.

그런데도 아직 추가골이 터지지 않은 건 그만큼 보스니아의 수비가 견고해서였다. 구석에 몰린 그들은 텐백에 가까운 모습을 보였는데, 단순하지만 효과적인 방법이었다.

"흠."

터치라인 부근에서 한쪽 무릎을 꿇듯이 앉은 원지석이 안경을 고쳐 썼다.

"이쪽에서도 심리전 좀 해볼까."

몸을 일으킨 그가 벤치에 앉아 있는 라이언에게 눈짓했다. 목을 축이던 라이언은 그 시선에 고개를 끄덕이며 들고 있던 물병을 던졌다.

마침내.

거인이 몸을 일으켰다.

―아, 라이언입니다!
―라이언이 몸을 푸는군요!

조끼를 입은 라이언이 나온 것만으로 웸블리의 분위기가 바뀌었다.

잉글랜드 국민들은 기대감 섞인 얼굴로 라이언을 보았고, 그 역시 쇼맨십을 하듯 자신을 부르는 이들에게 손을 흔들었다.

"뭐야, 안 나온다며?"

"블러핑이겠지."

말은 그렇게 했지만.

보스니아 선수들 역시 이런 분위기에 영향을 받을 정도였다.

그들은 달아오르는 웸블리를 느끼며 술렁였다.

전설적인 선수.

그들이 유망주였던 시절, 혹은 동네에서 공 차던 꼬마였을 때부터 유럽에 자기 이름을 알린 거인.

단순히 명성만 남은 선수도 아니다. 이번 유로 2036에서, 당장 지난 이탈리아전에서도 그 공격적인 모습을 재확인할 수 있었으니까.

"이런 시발. 야, 이 새끼들아! 너희 지금 허수아비한테 쫀 거냐?!"

선수들의 술렁임을 느낀 벨미르가 미간을 구긴 채 소리를 질렀다.

나올지 안 나올지 모르는 유령 때문에 팀의 집중력이 흩어지는 건 용납할 수 없었다.

벨미르는 고개를 돌려 잉글랜드 벤치를 보았다.

그곳엔 손가락을 까딱거리는 원지석이 있었다.

"간단하지만 효과적인 심리전이지. 조금 배웠겠구나."

라이언을 선발에 포함시키진 않았지만, 모습을 보이는 것만으로 이런 효과가 가능하다.

"시끄러워! 아직 우리가 이기고 있으니까."

"그래. 아직은, 말이지."

"……!"

빠드득.

그게 흡사, 너 역시 경기가 뒤집히는 미래를 상상한 거 아니냐는 말처럼 들렸기에 벨미르는 이를 갈았다.

"능구렁이 같긴!"

"다 피가 되고 살이 되는 교육이다. 이런 기회가 이제 얼마 남지 않았으니까 확실히 배워두라고."

"뭐……?"

그게 무슨 말이냐는 듯 벨미르가 눈살을 찌푸렸다. 하지만 원지석의 묘한 미소를 본 순간, 이것마저 심리전일 거 같아 입을 다물 뿐이었다.

'마냥 애송이는 아니네.'

원지석은 선수들의 멘탈을 관리하는 벨미르를 보며 흐뭇하게 웃었다.

그 애송이가 저렇게까지 성장하다니, 한편으로는 대견하기도 했다. 그러한 노력에도 불구하고 보스니아의 집중력은 이전 같지 않았지만 말이다.

─보스니아가 선수를 교체합니다.

─윙어 한 명을 빼고선 풀백을 넣는군요.

73분.

결국, 변화의 필요성을 느낀 벨미르가 선수교체 카드를 꺼냈다.

윙어를 대신해 들어간 선수는 중원 싸움에 가담하며 잉글랜드의 공격 전개를 더욱 방해했다.

─아, 잉글랜드도 선수교체를 알립니다.

─하지만 라이언이 아니군요?

마치 이때를 기다렸다는 것처럼 잉글랜드도 선수교체를 알렸다. 아니, 어쩌면 이걸 의도했을지도 몰랐다.

원지석은 두 명의 교체 카드를 꺼냈다.

한 명은 윙어였고, 다른 한 명은 포백 앞을 보호할 수비형미드필더였다.

잉글랜드의 진형이 바뀌었다. 지금까지는 기본적으로 442의 틀을 유지했다면, 이제 리암의 위치를 공격형미드필더 자리로 올린 것이다.

─다이아몬드 442, 그러니까 41212의 형태가 된 잉글랜드입니다.

─이제 더 공격적으로 나서겠다는 신호군요.

─네. 남은 시간이 얼마 남지 않았으니까요.

"이제부터 실수는 용납되지 않는다."

원지석이 그라운드를 보며 중얼거렸다.

수비적인 교체를 한 보스니아, 공격적인 교체를 한 잉글랜드.

이러한 변화가 어떤 결과를 가져올지, 그리 오래 기다릴 필요는 없을 것이다.

81분.

보스니아는 점점 한계를 맞이하고 있었다.

무리도 아니다. 체력 소모가 심한 전술, 그리고 연장전까지 뛴 일정까지.

그야말로 영혼마저 쥐어짜일 정도였다.

─패스를 툭 찍어 올리는 리암!

─그 앞에 제프가 있습니다!

그들의 체력이 떨어질수록 자유로워지는 녀석이 있었다. 제프였다.

방금은 보스니아의 센터백이 가까스로 막았다지만, 확실히 그들이 설치한 쥐덫은 헐거워지는 중이었다.

"이 새끼들은 대체 왜 이래!"

한 선수가 질린 목소리로 소리쳤다.

이제 모든 보스니아 선수들이 느끼고 있었다.

이 잉글랜드 놈들은 정상이 아니라는 걸.

잉글랜드 역시 체력적인 한계가 왔음에도, 그들은 그 고통을 즐기듯 미소를 지었다. 광기마저 느껴지는 웃음에 소름이 끼칠 정도였다.

그러나 포기할 수는 없다.

생애 첫 유로 트로피.

보스니아 역사상 첫 유로 트로피.

이 트로피를 조국에 가져가기 전까지, 멈출 생각은 없었다.

"아."

하지만 누구의 소리였는지.

88분.

그들은 결국 제프를 놓치고 말았다.

대체 무슨 상황인가.

누구의 실수인지, 누구의 패스인지, 저 새끼는 언제 저기까지 갔는지.

그런 생각이 주마등처럼 스칠 때.

툭 하고 휘어지는 슛이 골문 구석으로 향했다.

와아아!

반응은 극적이었다.

지진이라도 난 것처럼 웸블리가 흔들렸으며, 길거리 응원을 하던 사람, 집에서 경기를 보던 사람들 역시 자리를 박차고 일어났다.

─고오올! 골! 골! 골입니다, 골!

―경기 종료를 앞두고 잉글랜드가 극적인 동점골을 넣는 데 성공합니다!

―주인공은 바로 제프! 노팅엄의 제프! 상황이 이렇게 흘러가나요! 이제 동점이에요!

―아! 하지만 아직 잉글랜드가 기뻐하기엔 이른 거 같습니다! 주심이 보다 정확한 판단을 위해 VAR을 선언했어요!

VAR.

비디오판독시스템.

주심이 요청하거나 부심이 주심에게 요청할 수 있으며, 논란이 생길 부분을 다각도로 확인하는 시스템.

영상을 확인하는 주심의 모습이 화면 속에 잡혔다. 제프의 움직임이 어찌나 은밀했던지, 주심마저 아리송한 얼굴로 고개를 갸웃거릴 정도였다.

제프는 처음부터 라인을 탈 준비를 하고 있었다.

이를 눈치챈 사람은 두 명이었다.

이안과 리암. 두 사람은 그걸 본 순간부터 설계를 그렸다.

'지금?'

'지금!'

말하지 않아도 눈빛만으로 통하는 상대가 있다. 동시에 수비진을 헤집는 둘을 보며 보스니아 선수들의 눈이 흔들렸다.

누구를 막아야 할지, 아주 잠깐 그런 고민을 하는 사이에 제프를 놓친 것이다.

둘은 보스니아의 시선을 최대한 끌어오도록 힘썼다. 그리고 제프가 슬슬 속력을 올릴 무렵, 이안이 찌른 패스가 그대로 수비 라인을 허물었다.

─확인을 끝낸 주심이 나옵니다.
─과연 어떤 판정을 내릴까요?
─아, 골! 골입니다! VAR 판독 결과, 골로 인정됐어요!

주심이 두 손으로 네모난 제스처를 한 뒤 골을 선언했다. 이번엔 잉글랜드의 확실한 골이었다.

한편 이 역사적인 골을 넣은 제프는 어떤 셀레브레이션을 하고 있었냐면.

"너 인마! 너!"

"이 쥐새끼 같은 녀석! 잘했어!"

"아파, 아프다니까요! 방금 엉덩이 걷어찬 사람 누구예요?!"

잔뜩 흥분한 동료들에게 쫓기는 중이었다.

어쩌면 평생 남을지도 모르는 셀레브레이션이 이런 거라니, 제프답다면 제프다웠지만.

경기 스코어는 2 : 2.

마침내.

동점을 만드는 데 성공한 잉글랜드였다.

'2분.'

최대한 기쁨을 억누른 원지석이 추가시간을 확인했다. 경기가 지연된 적이 별로 없었기에 납득할 만한 시간이었다. 슬슬 연장전에 대해 생각할 시간이기도 했고.

'남은 교체 카드는 두 장.'

기본적으로 세 장이 주어진 교체 카드는 연장전에 돌입하는 순간 한 장을 더 쓸 수가 있다.

현재 잉글랜드는 두 명을 교체한 상황.

원지석은 슬쩍 뒤를 돌아보았다.

몸을 풀었던 라이언이 그곳에 있었다.

"……"

두 사람은 말이 없었다.

심리전을 위해 몸을 풀도록 지시했지만, 교체 없이 다시 벤치로 돌아간 라이언.

지금 이 상황에서 라이언과 같은 카드는 매우 매혹적이었다.

하지만.

그런데도.

"라이언, 나는."

"라이언은 괜찮다."

망설이는 감독에게 선수가 답했다.

"최고의 감독과 마지막을 함께한다는 걸 영광으로 생각하겠다. 이 녀석들도 하지 못한 라이언만의 특별한 경험이니까!"

첫 시작을 원지석과 했으며, 끝맺음 또한 원지석과 함께한다.

이건 제임스나 앤디, 킴도 하지 못한 일이다.

퍽 사치스러웠던 선수 생활 아닌가.

원지석은 그런 라이언을 보며 작게 웃었다.

"다 컸구나."

표정을 숨기기 위해 고개를 돌린 원지석이 눈을 크게 떴다.

잠깐 눈을 뗐던 그 순간, 믿지 못할 일이 벌어져 있었다. 정말 눈으로 보면서도 믿지 못할 일이.

"뭐……?"

왜냐하면, 골이 들어가 있었으니까.

희비가 엇갈린다.

좋아하는 팀은 어디인가.

추가시간도 거의 끝나간 상황.

후반전 종료를 앞두고, 골이 들어갔다.

*　　　*　　　*

아무도 예상하지 못한 일이 벌어졌다.

연장전을 준비하던 두 나라의 벤치.

또 화장실에 갈 준비를 하던 관중들까지.

그들 모두가 멍하니, 골라인에서 다시 나오는 공을 보았다.

"골이다."

누군가의 중얼거림을 들은 것처럼.

손을 번쩍 드는 남자가 있었다.

이안이었다.

굳은 얼굴로 꾹 쥔 주먹을 높이 올리자, 동시에 잉글랜드 선수들이 그에게 몸을 날렸다.

와아아!

이안을 껴안은 그들이 무어라 소리쳤지만 경기장을 쩌렁쩌렁 울리는 함성 속에 파묻혔다. 사실 그게 중요하진 않았다. 본인들조차 무슨 말을 하는지 모를 정도였으니까.

―으아아! 골! 골입니다 골! 으하하!

―경기 종료 직전에 터진 극적인 역전골!

―전설이 될 대역전극!

―마침내 방점을 찍은 선수는, 이안 로버트! 이안입니다!

웸블리가 출렁였다. 과장이 아니라 카메라 속의 웸블리가 출렁이고 있었다.

관중들의 함성은 멈추지 않았으며, 이안은 여전히 담담한 모습으로 셀레브레이션을 마무리 지었다.

경기 종료까지 앞으로 17초.

잉글랜드의 벼락같은 역전골이 터졌다.

―영상으로 다시 보시죠.

헤설진들마저 방금 무슨 일이 있었는지를 정확히 알지 못했다. 그들 역시 연장전을 생각하던 차에 갑자기 출렁이는 골 망을 본 것이다.

제프의 동점골이 터진 뒤.

보스니아 선수들은 필사적으로 제프를 마크했다. 그들은 잠깐의 실수를 만회하기 위해 필사적이었다.

이렇게 보스니아의 멘탈이 어수선해지고, 조직력이 무너졌을 때.

공을 뺏은 윌킨스가 오른쪽 라인을 우직하게 파고들었다.

첫 실점의 빌미가 되고, 전반전의 워스트 선수였던 그는 후반전 내내 미친 듯이 뛰며 보스니아를 괴롭혔다. 실수를 만회하려는 건 보스니아만이 아니었던 거다.

후반전 추가시간임에도, 윌킨스의 발은 도저히 느려질 생각을 하지 않았다.

뉴캐슬의 폭주 기관차란 별명이 아깝지 않은 속도였다.

윌킨스가 오프사이드트랩을 붕괴시키면, 자연스레 그 자리만큼 제프가 올라간다.

보스니아는 윌킨스를 직접 압박하기보단 지역 수비를 하며 제프를 따라다녔다.

'어라?'

이 상황의 이상함을 먼저 깨달은 건 누구였을까.

이안과 리암은 눈을 번뜩였고, 제프는 고개를 갸웃거렸다.

'이거 설마.'

"야, 이……!"

벨미르가 소리치기 전에 일이 터졌다.

제프에게만 너무 많은 신경을 쏟은 탓에, 다른 선수들을 소홀히 한 게 문제였다.

윌킨스의 땅볼 크로스가 자유로운 리암에게 갔으며.

그는 아주 여유롭게 원터치 스루패스를 찔렀다.

오늘 만회골을 성공시킨 이안에게 말이다.

쾅!

이번엔 골키퍼가 손도 쓰지 못할 정도로 강력한 슈팅이었다. 더군다나 쭉 뻗다가 갑자기 휘어지는 슛을 어찌 막을 수 있을까.

철썩!

골 망이 흔들리는 소리만이 그 결과를 말해줄 뿐이었다.

그 자리에 가만히 서서 주먹을 드는 이안의 모습을 마지막으로, 리플레이가 끝났다.

"남은 시간은."

원지석은 손목의 시계를 확인했다.

설마 하던 일이 벌어졌다. 그 옛날 트레블을 앞두었던 퍼거슨의 기분이 이랬을까.

현실성이 없지만 틀림없는 현실이다.

그는 선수들에게 정신을 다잡으라며 소리쳤다. 방금 그들이 넣은 골을 보스니아가 하지 말란 법은 없었다. 오히려 달콤한 상황에 안주하는 순간이 그 확률이 가장 높아질 때였다.

"……."

그런 우려와는 달리.

보스니아 선수들이 멍한 눈으로 바닥을 보았다.

동점골에 이어 추가로 터진 역전골은 그들의 멘탈을 어마어마하게 박살 냈다.

무서울 게 없던 폭군의 자랑스러운 병사들은, 이 순간 무기력한 장난감 병정이 되었다.

추가시간의 추가시간마저 지나고.

원지석이 주심에게 왜 경기를 끝내지 않냐고 불쾌한 기색마저 숨기지 않고서야.

삐이익!

경기 종료를 알리는 휘슬이 울렸다.

─네! 휘슬 울립니다!

─이럴 수가 있나요! 두 골 차이를 뒤집은, 잉글랜드의 극적인 역전!

─유로 2036의 우승 팀은, 유럽 챔피언은! 바로 잉글랜드입니다!

─마침내 역사상 첫 유로 트로피를 들어 올리는군요!

와아아!

잉글랜드! 잉글랜드!

휘슬과 함께 양 팀의 선수들이 그대로 자리에 주저앉았다. 누군가는 쓰러지듯 잔디에 몸을 누웠다.

"하아, 하아!"

특히 반동이 심한 것은 잉글랜드 선수들이었다. 체력적인 한계를 잊고 날뛰던 그들은 긴장이 풀리자 그제야 후폭풍이 몰려오고 있었다.

"흑, 흐윽!"

보스니아 선수들은 손으로 눈가를 누르거나, 혹은 유니폼을 끌어 올려 얼굴을 가렸다.

우는 모습을 가리기 위해서였다.

두 골 차로 앞서고, 우승 트로피를 거의 거머쥘 뻔했지만, 마지막에 모든 것이 사라지고 말았다. 마치 물거품처럼.

또다시 이런 기회가 올까.

어쩌면 두 번 다시 오지 않을지도 몰랐다.

그걸 알기에 보스니아 선수들은 얼굴을 들지 못했다.

원지석은 환호하는 사람들을 지나치며 보스니아의 벤치를 향해 걸었다. 벨미르의 눈이 붉게 부어 있었다. 녀석 역시, 눈물을 억누르는 중이었다.

"뭐야, 비웃으러 왔어?"

벨미르가 자조적인 웃음을 보였다.

오만한 말을 내뱉으며 대회에 임했을 때부터 이런 상황을 각오했었음에도.

실제로 겪은 패배는.

상상 이상으로 아팠다.

'이제 수치를 당할 차례인가.'

폭군의 가치는 승리할 때 빛나는 법이다. 패배한 폭군은 그 목이 잘려 개선 행사의 장식품이 될 뿐이었다.

하지만 그를 비난하는 말은 들리지 않았다.

"잘했다."

원지석은 날카로운 칼을 꺼내는 대신 칭찬을 건넸다. 마음 같으선 머리라도 한 대 쥐어박아 줄까 했지만, 뭐 됐다. 할 말은 했으니.

낯부끄러움을 감추려는 듯 한숨을 쉰 그가 등을 돌렸다.

그리고 이 시끄러운 경기장 속에서.

벨미르는 그 말을 놓치지 않고 들을 수 있었다.

"좋은 경기였다. 이제 다 컸구나."

"…뭐야, 비꼬는 거야?"

"너 잘했다고 칭찬하는 거다. 아, 브레노. 너도 잘했다."

옆에 있는 브레노를 발견한 원지석이 말을 걸었다. 생각해 보니 이제야 제대로 된 인사를 나누는 건가.

아무래도 맘고생이 심했던 듯 울먹이는 모습이, 그 험악한 외관과는 어울리지 않아 퍽 기묘했지만 말이다. 어찌 보면 그리움마저 느껴져 원지석은 미소를 지었다.

"감독님!"

"응?"

다시 돌아오는 그를 보며 잉글랜드 선수들이 달려왔다. 의아함도 잠깐, 그들은 그대로 원지석의 몸을 높이 들었다.

"하나, 둘!"

몸이 붕 뜨는 느낌에 원지석은 쓴웃음을 지었다.

경기가 끝나자마자 기진맥진 쓰러진 녀석들이, 어디서 이런 힘이 나왔는지 모르겠다.

"우승이네."

"그러게."

앤디는 아직도 실감이 나지 않는 것처럼 그라운드를 보았다. 정말 우승한 건가? 설마 꿈은 아니겠지.

이건 제임스, 라이언, 킴 또한 마찬가지로 느끼는 감정이었다.

"설마 저 애송이들이 해낼 줄이야."

항상 후배들을 갈구던 제임스도 지금만큼은 그들을 인정하지 않을 수가 없었다.

객관적인 전력만을 따지자면, 원지석의 아이들이라 불렸던 그들이 현역으로서 뛰던 때가 더 강하겠지만… 결국 트로피를 들어 올린 건 저 애송이들이다.

"뭐가 달랐던 걸까."

"많이 다르지."

앤디의 물음에 킴이 대답했다.

"가장 크게는, 저 사람이 없었다는 것."

그들의 시선은 아직까지 헹가래를 받는 감독을 향했다.

작은 차이점임에도.

그 차이를 누구보다 잘 알고 있는 사람은 바로 그들이었다.

"나도 은퇴를 조금 더 늦출 걸 그랬나."

"하하……."

앤디의 말에 킴이 쓰게 웃으며 옆에 있던 라이언을 보았다. 그 역시 그런 생각을 안 해본 게 아니지만, 아무리 봐도 이 녀석이 괴물인 거였다.

"좋냐?"

"흠!"

라이언이 크게 숨을 내쉬며 긍정했다.

비록 결승전을 뛰진 못했더라도, 이 중에선 유일하게 유로 트로피를 추가했으니 어찌 기쁘지 않을까.

"라이언도 간다!"

자기가 부목을 하고 있다는 사실을 알고나 있는 건지, 성큼성큼 뛰어간 라이언이 원지석을 날렸다. 그래, 날렸다.

"하여간."

그런 시간이 지나고.

마침내 트로피를 들 시간이 다가왔다.

먼저 메달을 받은 건 보스니아 선수들이었다. 그들의 눈은 붉게 부었으며, 아직까지 우는 선수는 잉글랜드 선수들의 위로를 받았다.

짝짝짝.

아직 경기장을 떠나지 않은 사람들도 그런 보스니아에게 박수를 보냈다.

이번 유로2036 돌풍의 팀에 만족하지 않고 결승에 오르는 파란을 일으켰으며, 잉글랜드를 궁지에 몰아넣기까지 했다.

비록 큰소리 뺑뺑 치던 것과 달리 잉글랜드를 잡진 못했지만, 그들을 비웃는 사람은 어디에도 없었다.

"보스니아! 나는 너희들이 자랑스럽다!"

감정을 추스른 벨미르가 소리쳤다.

마지막까지, 폭군이란 별명에 어울리는 퇴장이었다.

그리고 이제.

우승 팀인 잉글랜드가 트로피를 들 차례였다.

가장 먼저 메달을 받은 원지석은 시상대 앞에 서서 선수들을 하나하나 맞이해 주었다. 가장 먼저 온 녀석은 윌킨스였다. 전반전의 처참했던 퍼포먼스를 어느 정도 만회해서인지, 녀석의 얼굴은 썩 밝아 보였다.

"축하한다."

"헤헤, 뭘요."

그다음은 존 모건이었다.

첫 차출 당시만 하더라도 무명에 가까웠기에 많은 우려를 산 센터백은, 결국 대회 끝까지 후방을 든든하게 지켰다. 그가 없었다면 잉글랜드는 매우 힘든 싸움을 해야 했을 터다.

"잘했다."

"감사합니다."

다음으로 온 사람은 두 명이었다.

리암과 이안.

첼시 감독 시절 원지석이 발굴하고 키웠던 리암과, 리버풀을 이끄는 이안. 둘은 삼 사자 군단에서도 그의 지시를 군말 없이 따라준 고마운 선수들이었다.

"둘 모두 고생했다."

"저는 한 것도 없는걸요."

"뭐, 할 일을 한 거죠."

그리고 머뭇거리며 오는 녀석이 한 명 더.

제프.

아직도 이 상황이 믿기지 않는지 얼떨떨한 얼굴이었다.

그러나 이제 그를 중소 클럽의 그저 그런 골잡이로 인식할 사람이 있을까.

오늘만큼은 노팅엄의 쥐새끼가 아닌, 잉글랜드의 제프 해리스였다.

"어깨 펴라, 인마."

"네, 네!"

선수들이 하나둘씩 시상대에 올랐다.

그리고 마지막에 오른 선수는.

라이언이었다.

"······."

"······."

둘은 말을 나누는 대신 주먹을 맞부딪혔다.

모든 선수가 시상대에 오르자 원지석은 선수들 앞에 가서 말했다.

"모두 축하한다."

원지석의 얼굴은, 모든 걸 털어낸 듯 후련해 보였다.

"너희들이 전설이다."

*　　　*　　　*

「[BBC] 유럽 챔피언 자리에 오른 잉글랜드!」

「[스카이스포츠] 원지석, 삼 사자 군단을 유럽 정상에 올리다!」

유로 2036이 끼친 영향력은 상당히 컸다.

지금까지 축구 종가라는 허울과는 달리, 국제 대회에서 힘을 잘 쓰지 못했던 삼 사자 군단이 마침내 유럽의 왕좌에 오른 것이다.

그리고 이 꿈만 같은 일을 가능하게 만든 이가 누구인지는 어렵지 않게 찾을 수 있었다.

─최고의 감독입니다.

─그가 아니었다면 불가능했겠죠.

잉글랜드의 모든 방송에서 원지석과 그의 팀을 다루었다.

그야말로 국민 감독이란 말이 어울릴 정도였다.

「[BBC] 명예 훈장을 받는 원지석!」

그리고 원지석의 작위 수여가 결정되었다. 이에 대해 반론을 제기하는 사람은 존재하지 않았다. 현재 잉글랜드에서 가장 사랑받는 사람에게 토를 단다니, 어지간한 강심장이 아니고서야 불가능했다.

"흠, 흠흠."

원지석은 지금 입고 있는 턱시도가 영 어색한지 헛기침을 내뱉었다. 부인인 캐서린이 가져왔으며, 딸아이인 엘리가 냉철하게 평가한 옷이었다.

"왜 그래, 촌놈처럼."

"아니, 아무래도 턱시도는 좀."

킥킥 웃는 케빈의 말에 원지석이 어깨를 으쓱였다.

어지간한 시상식에 얼굴을 비추었던 원지석이라도, 오늘 같은 자리는 그 격식이 가장 높았다.

물론 케빈은 그런 건 상관없다는 듯 넥타이 없이 단추를 두 개 풀었지만 말이다.

"그럼 먼저 가 있을게."

"네."

작위 수상자는 무대로 가는 문이 따로 존재했다. 그렇기에 일행과 떨어진 원지석은 홀로 걸었다.

"아."

하지만 그 앞에서.

그는 낯익은 사람을 발견했다.

"이제 작별이네요."

한채희.

원지석의 에이전트.

검은 마녀라 불리는 그녀는, 그때와 다름없이 젊어 보였으며, 여전히 검은색의 옷을 입었다.

"한채희 씨, 당신에겐 고맙다는 말을 몇 번이나 해도 부족할 겁니다. 당신이 아니었다면 저 역시 여기까지 오지 못했을 테니까요."

"후후, 뭘요."

감독 커리어 내내 고생해 준 에이전트.

한채희는 항상 최고의 결과를 만들었다. 마치 마법처럼 말이다.

그녀가 없었다면 여기까지 오지 못했을 거란 말. 이건 조금의 과장도 아니었다.

그리고 그녀와는 이미 모든 이야기를 끝낸 상황.

"저 역시, 마지막까지 당신과 함께했다는 건 큰 영광이었네요."

그것도 오늘까지지만.

쿡쿡, 작게 웃은 한채희가 발걸음을 뗴었다.

"당신은 제가 만나본 사람 중, 가장 특별한 감독이었어요."

원지석을 지나친 그녀는 뒤를 돌아보지 않았다.

"그럼 안녕히."

피식 웃은 원지석이 회장으로 향했다.

마무리를 짓기 위해서.

「[BBC] 충격! 원지석의 은퇴 발표」

그날.

축구계에 큰 파문이 일었다.

　　　　＊　　　　　＊　　　　　＊

「[BBC] 사람들을 충격에 빠뜨린 명예 훈장 수여식!」

「[키커] 푸른 제국의 카이저, 작별을 고하다!」

「[수페르 데포르테] 패닉! 원지석의 은퇴 발표!」

「[스카이스포츠] 마스티프라 불렸던 남자, 전설이 되어 떠나다!」

　기사에 대문짝만하게 찍힌 원지석은 왕세자와 함께 미소를 짓고 있었다. 왕세자의 얼굴은 영혼이 나가 있었지만 말이다.

　설마하니 명예 훈장을 받고, 그 소감을 말하는 자리에서 은퇴를 발표할 줄 누가 상상이나 했을까?

　그만큼.

　원지석의 은퇴 발표는 큰 파문을 남겼다.

　패닉이라 표현해도 좋을 정도였다.

　잉글랜드의 국민들이나, 첼시, 라이프치히, 발렌시아의 팬들이 아니더라도 그는 축구계에 거대한 영향력을 행사하는 사람이었다.

　당장 그 빈자리를 채우기까지 얼마나 긴 시간이 걸릴지, 아니, 그와 같은 감독이 다시 나올 수는 있을지에 대해서도 부정적이었으니까. 축구계의 큰 손실이라는 게 일반적인 견해였다.

　"흐음."

　한편 이 폭탄을 던진 원지석은 어디에 있었냐면.

그의 고향.

한국에 있었다.

"이곳도 많이 변했네."

주변을 둘러본 원지석이 중얼거렸다. 수목장. 아버지가 잠든 이곳도 많은 변화가 있었다. 끈질긴 기자들이 이곳을 알지 못하는 이유는 수목장 쪽에서 비밀을 지켜주었기 때문인데, 그로서는 꽤 고마운 일이었다.

뭐, 후원금을 주는 것도 큰 이유겠지만.

원지석은 조용히 고개를 들었다.

부쩍 커진 소나무가 있었다.

사람들의 경멸에 질려 대책 없이 한국을 떠났던 꼬마가, 마침내 여기까지 왔다.

"꽤 드라마틱한 이야기라고 생각하지 않아?"

한쪽 무릎을 꿇고 신문을 내려놓은 그가 피식 웃었다. 명예 훈장을 받는 사진이 걸린 기사였다.

이제 더는, 원지석에게 경멸의 시선을 보내는 사람은 존재하지 않았다.

원석현. 아버지의 끝은 여기였다.

원지석 역시 종착역에서 내렸다지만, 그의 끝은 여기가 아니다. 아직 갈 길이 멀었으니까.

"그러니까, 다음엔 더 많은 이야기를 해줄게."

몸을 일으킨 원지석이 등을 돌렸다.

그가 사라지고 얼마나 지났을까. 바람이 불었다.

바람에 펄럭인 신문은 이윽고 한 페이지에서 멈췄다.

원지석과 캐서린, 엘리가 함께 있는 가족사진에서.

＊　　　　＊　　　　＊

은퇴 이후 원지석은 간단한 소일거리를 하며 시간을 보냈다.

이제 막 만으로 50이 된 나이. 감독으로서는 젊고 한창일 나이였지만, 이제 그는 감독이 아니다.

"음, 좋아요."

원지석의 주치의가 결과를 보며 고개를 끄덕였다.

유로 결승전을 앞두고선 사람 하나 죽겠구나 싶었는데, 지금은 몸 상태가 꽤 호전된 상황이었다. 그만큼 유로 때 무리를 했다는 소리겠지만.

"그래서 감독… 아니, 원. 요즘은 어떻게 지냅니까?"

"그냥 뭐, 이것저것 하고 있죠."

원지석은 최근 있었던 일을 떠올렸다.

부인인 캐서린이 운영하는 패션 브랜드의 모델로서 새 사진을 찍거나, 혹은 딸아이인 엘리와 놀거나.

은퇴 후 대부분의 시간을 가족과 함께 보내지만, 이걸 위해서 한 은퇴 아니겠는가.

특히 어색하기만 했던 딸아이와는 이제 제법 벽을 허물었다는 게 좋았다.

"좋아 보이시니 다행입니다."

만약, 은퇴하지 않았다면 직접 편하게 보내줬을 거란 말에 원지석이 식은땀을 흘렸다.

모든 검사를 끝낸 원지석이 몸을 일으켰다. 그러면서 티켓 두 장을 꺼냈는데, 주치의는 미소를 숨기지 않았다.

"허허, 뭐 이런 걸 다."

"저 때문에 결승전을 마음 놓고 즐기시지 못했을 테니까요."

"사양하지는 않겠습니다."

주치의가 받은 것은 축구 경기의 티켓이었다.

그것도 원지석이 감독하는 경기의 티켓.

은퇴한 주제에, 갑자기 무슨 소릴 하는 거냐고 묻는다면.

답은 어렵지 않게 찾을 수 있었다.

「[BBC] 역대급 드림 매치가 온다… 오는 7일, 레전드 매치 명단 공개」
「[스카이스포츠] 팀 원지석, 원지석의 아이들과 동독의 왕이 뭉치다!」

현역 때는 상상도 하지 못할 일이 벌어진다. 그게 레전드 매치만의 묘미다.

이번에 열리는 자선경기도 마찬가지였다. 이전에는 절대 볼 수 없었던 일이 성사된 것이다.

그 원지석의 아이들과, 동독의 왕이 한 팀으로서 뛴다.

그들의 전성기를 기억하는 팬들로서는 흥분되지 않을 수가 없는 소식이있다.

"설마 이런 일이 생길 줄은."

사실 원지석조차 처음부터 이런 이벤트를 계획했던 건 아니다. 계기는 은퇴 후 케빈과 술을 마시면서였는데, 갑자기 폭주한 그가 일을 벌이기 시작했다.

'너 혼자 은퇴하면 다냐!'

내색은 안 했지만, 갑작스러운 은퇴에 당황한 것은 케빈 역시 마찬가지인 듯싶었다.

그래서 나온 게 자선경기다.

팀 원지석과, 팀 케빈.

놀랍게도 감독을 선언한 케빈이었다. 물론 자선경기였으니 가능한 일이었지만.

'재미있겠네!'

사건의 스케일이 커진 건 제임스가 난입하면서부터였다. 그렇게 흐지부지 넘어갈 줄 알았던 일은 약속이 되었고, 어디서 소문을 들은 건지 벨미르마저 참가 소식을 밝히니 돌이킬 수가 없게 되었다.

"근데 의외다? 난 네가 케빈 팀으로 갈 줄 알았는데."

"불만이야?"

"설마!"

과장되게 어깨를 으쓱이는 원지석을 보며 벨미르가 눈살을 찌푸렸다.

하긴, 그동안 유로 2036에서 보여줬던 캐릭터를 생각하면 고개가 갸웃거려지는 선택이긴 했다.

화해했다기엔 이상하고, 그렇다고 지금도 그를 원망하냐면 그런 것도 아니니까.

벨미르의 가장 큰 동기는 원지석에게 인정을 받는다는 거였다. 거기에 서로 간의 불화와 분노가 섞이며, 그를 박살 내겠다는 일념으로 번진 거지.

"하하, 부끄러워하는 거야?"

"꺼져. 친한 척하지 마, 등신아."

웃으며 다가오는 제임스가 그대로 굳었다.

내색하지 않았지만, 제임스는 여전히 벨미르에 대해 작은 트라우마를 가지고 있었다.

현역 시절 벨미르의 트래시 토크에 멘탈이 걸레짝이 되었던 트라우마가.

"그래서, 빠진 녀석은?"

원지석은 그들을 보며 말했다.

모두 그가 지도했던 선수들이었다.

제임스, 킴, 라이언, 앤디.

이 녀석들은 사실상 첫 제자들이라 할 수 있었다. 실제로 원지석의 아이들이라 불렸던, 첼시와 잉글랜드의 황금기를 열었던 녀석들이었으니까.

그리고 벨미르와 브레노.

독일에서 맺은 소중한 인연.

한 녀석은 그 재능을 놓치기 싫어 제대로 된 계약서도 없이 냅킨으로 즉석 계약서를 만들어 데려왔고, 다른 한 녀석은 동독의 왕이라 불리며 분데스리가를 호령했다.

이들이 모두 모인 지금, 그야말로 드림 팀에 가까운 스쿼드가 완성되었다.

녀석들 모두 현역이었다면 꿈도 꾸지 못했을 팀이.

"빠진 녀석 없습니다!"

"좋아."

원지석이 선수들의 몸 상태를 체크하고 있을 때.

"흠!"

벨미르가 라이언을 올려다보며 눈을 빛냈다.

비록 결승전에서 직접 맞붙진 못했지만, 얼마 전까진 감독과 선수의 입장 아니었던가.

당연하면 당연하게도, 그는 눈앞의 거인을 집중적으로 탐구했었다.

"음?"

라이언 역시 자신을 향한 강렬한 시선에 고개를 내렸다. 한쪽은 생각보다 신장이 작고, 한쪽은 생각보다 너무 거대했기에 그 차이는 더욱 커 보였다.

"……"

"……!"

눈을 빛낸 둘이 서로의 손을 잡았다. 말을 나누지 않아도 무언가 통하는 게 있는 모양이었다.

그런 팀 원지석을 바라보는 이들이 있었다.

바로 팀 케빈이었다.

"와오, 무시무시하네."

"그래 봤자 30분 뛰면 헥헥거리는 늙은이들인걸."

"히이익, 내가 저런 전설들과……?"

감탄하는 리암과 시큰둥한 이안, 그리고 전설들의 이름에 벌벌 떠는 제프까지.

팀 케빈의 대부분은 이번 유로에서 우승을 차지한 잉글랜드 국가대표들이다.

비겁하게 쌩쌩한 현역들을 데려오냐는 야유는 가볍게 무시한 케빈이었다.

"여기서 내가 이기면 평생 놀려먹을 수 있다."

심지어 자선경기를 만든 이유마저 본인을 위해서였다. 후안무치란 말이 그렇게 어울릴 수가 없었다.

"뭐, 동기가 불순하지만 자선경기고."

"우리도 재미만 있다면 상관없으니까."

존 모건과 윌킨스는 쓴웃음을 지으며 호응했다.

전 세대를 지배한 전설과의 대결이라니, 역시 이런 빅 매치는 심장을 두근거리게 한다.

"자, 그럼."

"피날레다."

원지석과 케빈이 웃으며 그라운드를 보았다.

그날 경기는.

전반에만 6골을 넣은 팀 원지석이 압도적인 우세를 점했으나, 역시 세월을 속이긴 어려운 건지 후반에만 다섯 골을 허용하며 아슬아슬한 승리를 거두었다.

"내가 차도 그거보단 잘하겠다, 이 새끼들아!"

경기가 끝나기 직전 그라운드로 난입한 케빈의 모습은 또 다른 하이라이트였고 말이다.

*   *   *

"아빠, 뭐 해요?"

"깼구나."

엘리가 눈을 비비며 물었다. 얼굴에 잠이 가득한 딸아이를 보며 작게 웃은 원지석이 노트북에서 손을 뗐다.

"그냥, 소일거리를 좀 해보려고."

"흐응."

냉장고에서 물을 꺼낸 그녀가 목을 축인 뒤 이어 말했다.

"너무 늦게까지 그러진 마요."

"그래. 가서 자렴."

후아암거리며 하품을 한 엘리가 방으로 돌아갔다.

문이 닫히는 소리에 기지개를 켠 원지석은 다시 노트북 화면을 응시했다.

감독 일을 하다 보면 이런저런 질문을 많이 받는다. 어떤 전술을 짤 거냐, 어떤 선수를 내보낼 거냐, 승리의 소감이 어떻냐, 패배의 소감은 어떤가.

그중에서도.

아마 모든 감독이 꺼리는 질문은 이것일 터다.

'그날 무슨 일이 있었습니까?'

많은 것을 함축한 질문이다.

긍정적이라면 무엇이 이 팀의 상승세를 이끌었는지, 뭘 했길래 역부족이던 상황을 뒤집었는지에 대한 질문이겠지만.

부정적이라면.

세간에서 화제가 된 불화, 쫓겨난 선수, 하락세에 접어든 원인을 묻는 것일 테니까.

현대 축구에서 가장 성공한 감독이라 평가받는 원지석이라도 이런 질문이 달갑지 않을 때가 있었다. 그는 긍정적일 때나 부정적일 때나, 보통은 이런 말을 했었다.

'언젠가 은퇴하면.'

'언젠가 자서전을 쓴다면 그때 적도록 하죠.'

이제 그 말을 지킬 때가 되었다.

원지석이 맡았던 팀의 공통점이 있다면 라커 룸이다.

그가 통솔하는 라커 룸은 거기서 무슨 일이 일어났는지 도통 알기 힘들 정도로 철통 보안을 자랑했다.

덕분에 기자들은 그 보안을 뚫기 위해 혈안이 되었다. 그러나 구단 내부 기자가 아닌 이상 불가능에 가까웠기에, 결국 상상을 동원해 쓴 소설들이 나올 뿐이었다.

그리고.

라커 룸에서 무슨 일이 있었는지 궁금해하는 건 기자들만이 아니다.

'그냥 자기 스스로 반성한 거 아니냐?

'그 새끼가 그런다고 말을 들을 새끼냐? 차라리 트라이벌 풋볼에서 쓴 망상대로 원지석이 팼다는 게 그럴듯하겠다.'

'그래서 원지석은 뭐라는데?'

'아무 말도 없음!'

궁금해서 죽으려는 건 일반적인 축구 팬들 역시 마찬가지였던 거다.

당장 훈련 태도가 불성실하다거나, 감독에게 개긴다는 놈들이 얼마 안 가서 개과천선하듯 바뀐 모습을 보여준다거나.

반대로 아무 트러블도 없어 보였던 선수가 당장 다음 경기부터 벤치에 앉는다거나, 심한 경우엔 바로 다음 이적 시장에서 방출당한 사례마저 있었다.

'그래서 대체 무슨 일이 있었는데?'

원지석은 그 물음에 대해 조금이나마 답해줄 생각이었다.

물론 민감한 사항은 적지 않을 것이다.

여기에 적는 건, 그의 후회에 가까운 일이 더 많을 테니까.

"먼저."

그는 소제목을 적었다.

팬텀 페인(Phantom Pain).

감독 생활을 하며 겪었던 환상통을.

SPECIAL ROUND
팬텀 페인

원지석의 은퇴로부터 시간을 되돌려서.

그가 복귀했던 첼시 2기 시절.

이른바 푸른 제국이라 불렸을 때의 이야기다.

*   *   *

라이프치히와 발렌시아에서 성공을 거두고, 다시 첼시로 돌아온 원지석의 복귀는 매우 성공적이었다.

수많은 트로피를 들어 올렸으며.

그 성공이 계속해서 이어지고.

이제는 푸른 제국이란 말이 낯설지 않을 정도가 되자, 사람들은 점차 그 너머를 바라기 시작했다.

그래, 확고한 미래를.

「[BBC 칼럼] 첼시는, 원지석은 어디로 나아가는가?」

「[스카이스포츠] 원지석의 아이들 2기는 정말 불가능한 일일까?」

흔히, 원지석의 아이들이라 불렸던 유망주들은 여지없이 최고의 선수가 되었다.

모두가 뛰어났지만, 그중에서도 제임스 같은 경우는 발롱도르 위너가 되며 세계 축구계를 떠들썩하게 만들었었다.

하지만 사람들은 묻는다.

그 이후는?

원지석의 아이들도 언제 전성기가 끝날지 모른다. 그들이라고 영원히 뛸 수는 없는 노릇이니까. 클럽의 미래를 걱정하는 그들의 우려가 단순한 호들갑만은 아니다.

「[타임즈] 정말 첼시 감독이 손만 놓고 있었을까?」

원지석은 이에 대한 대비를 쭉 해왔었다.

잠재적인 대체자, 혹은 주전 경쟁을 위한 선수들을 영입했었고.

결국, 그들은 먼저 팀을 떠났다.

그렇다고 해서 손을 놓을 수도 없는 노릇이라 원지석은 계속해서 방법을 찾아보았다. 그중에서도 가장 오랫동안 갈구한 방법이 있다면 역시 그거겠지만.

"우리에겐 굉장히 좋은 유스 시스템이 있습니다."

"으음, 최근 그런 일이 있었음에도 말입니까?"

원지석의 말에 기자 한 명이 묘한 뉘앙스로 물었다.

그가 이런 논란에 휘말린 이유 중 하나이기도 했다.

첼시엔 수많은 유망주가 있다. 그중 한 명이 원지석과의 불화로 팀을 나갔고, 이후 새로 이적한 팀에서 매우 좋은 활약을 펼치며 첼시 팬들의 배를 아프게 만들었다.

'그는 사람들에겐 최고의 감독일지 몰라도, 내 인생에선 최악의 감독이었다.'

인터뷰로는 꽤 거만을 떨었고 말이다.

물론 이후 친정 팀인 첼시와의 경기에선 아무것도 하지 못하며 최악의 평점을 기록하는 업보로 되돌아왔다.

어찌 됐든.

사람들은 이 일에 대해 원지석의 실수라는 의견마저 생길 정도였다.

"그에 대해선 분명히 말해두는데, 실패한 선택이 아닙니다."

훈련장에서 어떤 일이 있었는지, 사생활은 어떤지를 말하는 건 그리 어려운 방법이 아니다. 그러나 원지석은 굳이 그 이유를 떠벌리지 않았다.

이상한 루머로 고생했던 커리어 초창기 시절.

그때 얻은 교훈이라면 쓸데없는 루머 하나하나에 반응할 필요가 없다는 거였다.

사람들은 끝내 자신이 보고 싶은 모습만을 볼 테니까. 구체적인 움직임이 잡히기 전까진 굳이 상대해 줄 필요가 없었다.

살인자 루머까지 나왔던 그때와 비교하자면, 지금은 오히려 조용한 축에 속했다.

"그렇게 말해도 사람들은 여전히 의아함을 숨기지 못하고 있습니다."

"뭐, 언젠가 자서전을 쓴다면 거기에 적을지도 모르죠."

"하하……."

그 말에 기자들이 쓴웃음을 지었다.

입은 근질근질한데, 저 무시무시한 위압감을 파고들 용기가 나질 않았다. 간이 크다 자부하는 녀석들도 지금만큼은 입을 다물었다.

대신 그들은 화제를 돌렸다.

"첼시 팬들은 리암에게 큰 기대를 걸고 있습니다. 감독님은 어떠신가요?"

"리암 역시 미래가 기대되는 선수죠. 다만, 그런 과도한 기대는 어린 선수에게는 무거운 짐이 되거나, 독이 될 수 있게 마련입니다."

두각을 드러내는 유망주에게 제2의 수식어가 붙는 건 어찌 보면 필연적이라 할 수 있었다.

하지만 첼시의 경우 그 위험성은 더욱 크다.

현시대에서 가장 뛰어난 팀으로 꼽히며, 푸른 제국이라 불리는 이 팀의 유망주는 더더욱 많은 관심을 받게 마련.

이러한 관심에 짓눌려 기대만큼 성장하지 못하거나, 혹은 벌써 스타가 된 것처럼 행동하는 녀석이 나오기도 했다.

'그런 녀석은 대개 오래가지 못하지만.'

현재 원지석이 눈여겨보는 유망주를 고르자면 두 명을 꼽을 수 있었다.

하나는 금방 언급된 리암이다.

다른 리그의 빅클럽들마저 군침을 흘리는 원더 키드.

첼시 팬들이나 구단 관계자들은 리암에게 거는 기대가 매우 컸지만, 원지석의 생각은 조금 달랐다.

다른 한 녀석.

로드웰이란 유망주에게, 그는 빠져 있었다.

*　　　　*　　　　*

"이놈 이거, 물건이야."

원지석은 한 선수의 자료를 보며 웃었다. 이런 기대감은 굉장히 오랜만이다.

로드웰.

현재 그가 심혈을 기울여 키우는 유망주 중 하나.

단순히 재능이 뛰어나다는 소리가 아니다. 축구에 대한 열정이나, 심성, 무엇이든지 배우려는 자세까지. 싫어할 수가 없는 녀석이었다.

하지만 치명적인 단점이 있었는데.

"감독님."

때마침 그 로드웰이 사무실의 문을 열며 들어왔다.

한쪽 다리에 부목을 한 채로 말이다.

코치들에게서 로드웰이 리암보다 후한 평가를 받기 힘든 점. 그건 바로.

녀석은.

심각한 유리 몸이라는 거다.

"로드웰, 몸은 어떠냐."

"괜찮다고 하네요! 사실 저는 지금 당장에라도 뛸 수 있는데!"

"코치들 졸도하기 전에 그만둬."

밝게 웃는 로드웰을 보며 원지석이 끙 하고 앓는 소리를 냈다.

팀닥터의 괜찮다는 말에도 마냥 안심할 수는 없는 게, 몸 상태가 호전을 보이다가도 느닷없이 부상에 시달린 전례가 있기 때문이다.

로드웰은 잔부상을 달고 산다고 봐도 좋았다. 의료 팀이 말하길, 한때 아스날에서 뛰었던 디아비의 재림이라고.

'아쉬워, 정말 아쉬워.'

라이언 같은 강철 몸까진 바라지도 않는다.

그저 평범한 몸만 되었어도, 로드웰은 그 재능을 마음껏 펼쳤을 터였다.

하지만 녀석은 항상 미소를 잃지 않았다. 포기하지 않았다.

선수가 포기하지 않으면 감독은 그 손을 놓지 않는다.

"그래서, 오늘 메디컬 체크는 다 끝났니?"

"네. 순조롭다고 하네요."

구단에서도 로드웰의 부상에 지쳐가고 있었음에도, 그렇다고 그 재능까지 무시하진 않았다. 반대로 녀석을 위한 전용 재활 프로그램마저 만들 정도였다.

이 프로그램의 효과는 썩 뛰어나, 복귀까지 그 기간을 대폭 축소하는 데 성공했다.

"참, 감독님. 이 뉴스는 보셨나요?"

"무슨 뉴스?"

"이거요!"

로드웰은 나이답지 않게 종이 신문을 꺼냈다.

「[키커] 불쾌감을 표시하는 동독의 왕」

그걸 건네받자마자 보이는 건 벨미르의 모습이었다. 갑자기 신문 1면을 장식하다니, 드디어 사람이라도 팬 건가 싶었는데, 내용을 읽던 원지석은 이내 심드렁한 얼굴로 신문을 치웠다.

"괜찮으세요?"

"문제없어."

로드웰의 물음에 원지석은 손을 내저었다.

아무래도 지난번에 했던 발언에 발끈한 모양이었다.

'앤디와 벨미르? 앤디가 더 낫지.'

라이프치히와의 챔피언스리그를 앞두고 했던 말이다. 평소라면 무시하고 말았을 질문이지만, 마침 멘탈이라도 흔들어볼까 싶어 받아줬었고.

결과적으론 제임스의 멘탈이 갈려 나간 모양이었지만.

'재미있었지, 그 경기.'

벨미르는 발렌시아를 떠난 그가 라이프치히가 아닌 첼시로 갔다며 노발대발했다. 배신자라나 뭐라나. 이번 일까지 합쳐졌으니 좀 뿔이 났을 터다.

'뭐, 녀석의 성격상 오래 꿍해 있진 않겠지.'

원지석은 대수롭지 않게 넘긴 일.

이게.

추후 있을 폭군 탄생의 도화선이 될 줄, 누가 알기나 했을까.

지금으로선 아무도 모르는 이야기였다.

"아무튼, 너는 재활에 집중해."

"알겠습니다!"

배시시 웃는 그 모습에 원지석이 한숨을 쉬었다. 하여간 긍정적이어서 다행이었다.

그렇게 시즌은 계속 진행되었다.

로드웰의 재활도 멈추지 않고 계속되었으며, 마침내 팀 훈련에 참여할 정도가 되었을 즘.

"좋아, 꼬맹이들. 쟤들보다 너희가 더 낫다."

원지석의 칭찬에 리암과 로드웰이 서로를 보며 손뼉을 마주쳤다.

어느 정도 립 서비스가 섞여 있겠지만, 1군 훈련 세션에서 칭찬을 받는다는 건 그만큼 기뻤다.

"흐음, 그래서 리암."

"네!"

"다음 경기는 1군에서 뛸지도 모르겠구나. 아카데미 감독님과는 미리 상의를 해뒀고."

"저, 정말요?!"

1군에 콜업 된다는 소리에 리암의 눈이 크게 떠졌다.

물론 그 말처럼 출전 여부는 확실하지 않지만, 어릴 때부터 소망했던 일에 한 걸음 더 다가간 것이다.

"리암, 축하해!"

"고마워! 너도 곧일 거야!"

자신을 축하해 주는 로드웰에게 리암 역시 격려를 보냈다. 비슷한 시기에 아카데미에 들어온 둘은 남들보다 깊은 친분을 유지하고 있었다.

「[미러] 마침내 데뷔한 원더 키드!」

「[풋볼 런던] 첼시의 미래 윌리엄, 드디어 뉴 스탬포드 브릿지에 서다」

윌리엄, 그러니까 리암의 데뷔는 적지 않은 화제가 되었다.

선수 본인부터가 다른 빅클럽들의 구애를 뿌리치고 잔류를 선언했으니 팬들의 사랑을 듬뿍 받을 정도였다.

그렇게 리암이 자신의 주가를 올리고 있을 때도.

로드웰은 경기에 나서지 못했다.

"조금 더 기다려라."

원지석이 그를 1군에 콜업 하지 않은 건 간단했다. 아직 완벽한 몸 상태가 아니라는 것. 부상에서 회복한 로드웰로서는 조바심이 날 일이었다.

리암의 활약은 동료로서, 친구로서 축복할 일이다. 그러나 본인의 일과는 별개였다.

아무리 긍정적인 로드웰이라지만 근본은 어린아이다. 그것도 잔부상을 털어내고서도 뛰지 못해 몸이 근질근질한.

결국.

녀석은 감독에게 담판을 신청했다.

"왜 저는 1군에서 뛰지 못하는 건가요?"

"네 마음은 충분히 이해한다. 하지만 지금은 아니야."

"아뇨, 이해하지 못하는 건 감독님이세요."

항상 웃던 모습과는 달랐다.

녀석은 처음으로 불만을 드러내는 중이었다.

"제 몸은 제가 가장 잘 압니다. 저는 지금 뛰지 않으면 안 돼요!"

"하아……."

갈망이 느껴지는 말에 원지석이 한숨을 쉬었다.

이런 말을 할 녀석이 아닌데, 어지간히 조급한 듯싶었다.

녀석이 여기까지 조급한 건 아무래도 리암의 활약에 자극을 받은 게 컸다.

친구이자 동기는 사람들에게 환호를 받고 있는데, 아직 데뷔조차 하지 못한 본인의 처지가 두려운 거겠지. 어쩌면 이대로 잊히는 게 아닐까. 그런 두려움.

원지석이라고 해서 눈앞의 재능을 썩혀두고 싶은 건 아니다. 오히려 도전 욕심이 강한 녀석은 좋아하는 편이었다.

하지만 오랜 기간 잔부상에 시달린 로드웰의 몸은 매우 약해져 있었다.

부상에서 회복되었다 하더라도, 지금 당장 경기장에 내보냈다간 몸이 버티지 못할 확률이 높았다.

'어쩐다.'

이러다간 멘탈적인 문제가 생기는 게 아닐까 싶을 정도였다. 몸이 건강해도 정신적으로 병이 든다면 본말전도가 되는 법.

고심 끝에 원지석은 답을 내렸다.

"선발은 절대 안 돼. 팀이 이기고 있을 때, 상황을 봐서 그때 교체로 들어간다."

"감사합니다! 감독님!"

함박웃음을 지은 로드웰이 달려갔다.

저러다 부상을 당하는 건 아닌지 잠깐 우려를 하던 원지석은, 이윽고 피식 웃음을 터뜨렸다.

모두 잘되고 있었다.

그 믿음이 깨지기까지는.

그리 오래 걸리지 않았다.

*　　　　*　　　　*

─자, 첼시가 선수교체를 알립니다. 공격수를 넣는군요.

─새로운 유망주가 데뷔하네요? 등번호 31번, 로드웰입니다.

첼시는 번리를 상대로 두 골을 먼저 넣었으며, 이제 경기 종료까지는 25분이 남은 상황.

약속한 순간이 왔고, 원지석은 로드웰을 교체로 투입시켰다.

"잘해라, 꼬마야!"

"네!"

오늘도 골을 넣은 제임스가 어린 유망주의 머리를 헝클었다.

로드웰은 잔디를 조금 뜯고선 성호를 그었다. 종교인인 그가 긴장하지 않기 위한 주문이었다.

'드디어.'

와아아!

새로운 유망주가 들어서자 뉴 스탬포드 브릿지의 홈 팬들이 어마어마한 함성을 보냈다. 지금 들어오는 어린아이가 수많은 부상을 이겨내고 마침내 데뷔한다는 걸 알기에 더욱 그랬다.

하지만, 악몽은 갑작스레 찾아왔다.

경기 시간 84분이 되었을까.

"아아악!"

갑작스러운 상황에 뉴 스탬포드 브릿지는 침묵이 찾아왔고.

로드웰의 비명만이 날카롭게 퍼졌다.

*   *   *

—아······.

—끔찍하군요.

중계진들마저 눈앞에서 보이는 참혹한 광경에 입을 열지 못했다.

선수의 비명에 이렇게까지 모골이 송연해질 수 있던가.

그들은 눈물을 흘리는 로드웰을 보며, 차마 입을 열지 못했다.

—주심이 레드카드를 꺼내는군요. 당연해요.

—역겨운 태클이었습니다.

곧이어 카메라는 붉은색의 카드를 꺼내는 주심과 거기에 항의하는 번리 선수들을 잡았다.

조금 전에 있던 상황이다.

로드웰이 공을 잡고 쇄도하고 있을 때, 갑자기 뒤에서 대놓고 백태클이 들어왔다. 중계진의 말대로 역겹고도 끔찍한 태클이.

"아아악!"

그 결과.

사람의 다리가 꺾일 수 없는 방향으로 꺾이고 말았다.

첼시 팀닥터들이 황급히 들것을 챙기며 그라운드로 들어갔다. 그런 팀닥터들과 퇴장을 당한 번리의 선수가 교차되듯 지나갔다.

"이런, 미친 새끼가!"

가장 격한 반응을 터뜨린 건 제임스였다.

벤치에 앉아 음료를 마시던 그는 눈앞에서 벌어진 끔찍한 태클을 보고선 자리를 박차고 나왔다.

"건드릴 게 없어서 애를 건드려? 그것도 이제 막 부상에서 복귀한 애를!"

"내 알 바냐?"

비릿한 미소를 짓는 놈을 보며 제임스의 눈에서 불꽃이 튀었다.

아니, 그가 가만히 있더라도 케빈이 나섰겠지만.

케빈보다 먼저 나간 사람이 있었다.

"호로 잡놈의 새끼가……."

중얼거리며 제임스를 밀치고, 대신 그 앞에 선 남자.

원지석이었다.

―아! 이거 큰일이군요!

―원지식 감독이 나섰어요! 양 팀의 벤치가 나옵니다!

―벤치클리어링이에요!

순식간에 양 팀의 벤치가 튀어나왔다. 벤치클리어링이 벌어지는 와중에도 구급차는 산소마스크를 씌운 로드웰을 태우고 경기장을 빠져나갔다.

"야, 감독이란 새끼가! 저 새끼 죽빵을 후려쳐도 내가 하는 거지, 네가 여기서 뭐 하는 거야!"

케빈은 간만에 꼭지가 돌아버린 원지석을 보며 식은땀을 흘렸다.

이 녀석이 이렇게까지 화난 게 몇 년 만이더라.

감독 짬밥을 어느 정도 먹고선 평정심을 잃지 않았는데, 반대로 말하자면 지금 그 평정심이 깨질 정도로 화가 났다는 소리였다.

한편 원지석은 고심 중이었다.

여기서 이 녀석의 다리를 부러뜨려야 하나? 아니면 저 뻔뻔한 눈을 찔러야 하나.

순간적으로 흉흉한 생각만이 머리를 지배할 정도로, 그는 이성을 잃고 있었다.

─상황이 정리되는군요.

일촉즉발의 상황은 다행히도 폭력 사태까지 번지진 않았다. 긴 한숨을 쉰 원지석이 목을 쥐려던 손을 내려놓았기 때문이다.

삐익!

주심은 이어서 PK를 선언했다.

그걸 앤디가 어렵지 않게 넣었지만, 골을 넣었음에도 좋아하는 사람은 나오지 않았다.

한 골과 한 유망주를 맞바꾼 최악의 교환.

그리고 자신의 선택을 자책하는 감독이 있었다.

＊   ＊   ＊

「[BBC] 어린 유망주에게 찾아온 악몽!」

「[스카이스포츠] 잉글랜드의 전설들, 더러운 태클을 비난!」

후폭풍이 거센 경기였다.

잉글랜드의 대선배들은 모두 그 태클을 한 번리의 선수를 비난했다. 야만적인 6~70년대 축구계에서도 용납하지 못할 태클을 날린 것이다.

태클을 날린 당사자는 3경기 정지 처분을 받았지만, 로드웰의 복귀는 언제일지 모른다.

수술은 몇 시간이 걸렸다.

무척이나 험난한 수술이었고, 수술이 끝난 순간 의사들은 그 자리에 기진맥진 주저앉을 정도였다.

"흑, 흐윽."

"……."

병실 앞에 선 원지석은 그 안에서 들려오는 울음소리에 들어가지 못하고, 조용히 벽에 등을 기댔다.

시간이 지나.

로드웰의 대략적인 복귀가 점쳐졌다.

10개월.

아니, 이것도 희망적인 요소가 섞인 예측이었다. 보통은 12개월, 재수 없으면 그 이상이 필요할 수 있었다.

하루하루 성장해야 하는 유망주에겐 치명적이다.

"녀석은 다시 일어설 수 있을 겁니다."

원지석은 녀석 특유의 긍정적인 모습이 빛을 발하길 바랐다. 이런 상황에서 멘탈을 유지하는 건 큰 도움이 된다.

로드웰 역시 억지로라도 미소를 지으려 했다.

그러나 시간이 지날수록.

원지석과 첼시가 뛰어난 선수를 영입하고, 수많은 트로피를 들어 올리고, 성공 가도를 달릴수록.

그 미소는 사라져만 갔다.

"감독님."

부상으로부터 몇 년이 지났다.

부상을 털어냈지만, 트라우마는 깊게 남는다.

지금 로드웰의 모습이 그랬다.

이 퀭한 모습에서 누가 그 밝은 로드웰을 떠올릴 수 있을까.

폐인에 가깝게 변한, 아니, 폐인이 된 녀석을 보며 원지석은 아랫입술을 깨물었다.

녀석은 초췌해진 몰골로 입을 열었다.

"저, 은퇴하겠습니다."

"그건, 안 돼."

"안 되긴요. 그때도 말했지만, 제 몸은 제가 가장 잘 아는걸요."

텅 빈 눈동자로 그런 말을 하는 로드웰을 보며, 원지석은 결국 탄식을 토했다.

정말 악몽 같은 이야기다.

그가 이겨내길 바랐다.

그러나 돌아온 건, 감당할 수 없는 절망이었다.

로드웰이 가진 자신감의 근본은 재능이었다. 특별한 재능은 그를 밝고 긍정적으로 만들었다.

하지만 이제 그는 특별하지 않다.

어디서든 볼 수 있는 유망주, 어쩌면 그들보다 못할지도 모르는 유망주.

지금 그게 로드웰의 현실이었다.

「[BBC] 살인 태클의 희생자, 로드웰. 씁쓸한 은퇴 발표」
「[스카이스포츠] 한 유망주의 미래를 앗아간 태클!」

로드웰의 은퇴는 언론에서 작게나마 다루어졌다. 몇 년 전의 일이시만 워낙 끔찍했던 사선이기에 여전히 기억하는 사람들이 많았기 때문이다.

"후우."

약을 삼킨 원지석이 깊은 한숨을 내뱉었다.

상처만 남은 건 로드웰만이 아니다.

원지석 역시 트라우마 비슷한 걸 얻었다.

이제, 남은 커리어 동안 약간의 부상이라도 입은 선수를 내보낼 일은 없을 것 같았다.

"그래서, 아."

훈련장에서 무심코 로드웰을 찾던 원지석이 눈을 끔뻑였다. 동시에 은퇴를 말하던 녀석이 떠올라 머리가 지끈거렸다. 주머니 속에서 약통을 찾으려다 멈칫한 그는 고개를 내저었다.

이제는 이곳에서 볼 수 없는 녀석이다.

하지만 녀석의 존재감은, 밝게 빛나던 모습은 여전히 남아 있었다.

마치 환상통처럼.

*   *   *

시간은 계속해서 지났다.

푸른 제국이란 말은 이제 원지석의 첼시를 상징하는 말이었고.

제국을 세웠던 개국 공신들은 슬슬 사라질 시기가 되었다.

"감독님."

"감독님!"

"저기, 감독님."

킴, 제임스, 앤디.

자신을 찾아와 은퇴를 밝히는 녀석들을 보며 원지석은 순순히 고개를 끄덕였다.

가장 빛나는 순간에 떠나고 싶다.

사람들이 빛나는 모습만을 기억할 수 있도록.

원지석은 그 말을 이해해 주었다.

"그래도 월드컵, 아니, 유로 트로피 하나 정도는 들고 싶었는데."

녀석들의 미련이라면 그거겠지.

하지만 현재 삼 사자 군단으로서는 불가능에 가까운 일이었기에, 그들은 과감한 은퇴를 선언했다.

남은 녀석이 하나 있었는데.

거인은 문을 박차고 들어왔다.

"라이언은 떠난다!"

"그래, 어디로?"

"어디든! 하지만 유럽은 아니다!"

아직 불꽃이 꺼지지 않은 라이언은 다른 대륙으로의 진출을 모색했다. 나중에 말하길, 미국으로 간다는 모양이었다.

그렇게.

원지석과 시작을 함께했던 녀석들이 하나둘씩 떠났다.

"이런 기분이었나."

영혼의 일부분이 잘려 나간 것처럼 허전했다. 이런 기분은 또 처음이라, 그는 싱숭생숭한 마음을 잠재우기 위해 애썼다.

"앤디……."

무심코 그 이름을 부르던 원지석이 멈칫했다.

'이렇게까지 의존하고 있었나?'

아끼던 제자이던 만큼, 환상통은 점점 심해져만 갔다.

이대로는 안 된다. 원지석은 그걸 깨달았다.

'떠날 때가 됐구나.'

원지석은 변화의 필요성을 느꼈다.

그건 첼시를 떠나거나, 혹은 아예 축구계를 떠나게 될 두 개의 선택지였다.

"하하."

은퇴라. 벌써 그럴 생각을 하다니, 자신답지 않았다.

표정을 굳힌 원지석이 다시 전술에 집중했다.

첼시를 떠난다면, 적어도 박수를 받을 때 떠나야 하지 않겠는가.

이제는 그때 녀석들이 했던 말에 공감하는 원지석이었다.

이 클럽에서 가장 특별한 감독으로 남고 싶다.

그렇게 될 것이다.

─고오올! 멀리서 감아 찬 리암의 원더 골!

─이제는 첼시의 중원을 이끌어가는 리암입니다!

골을 넣은 리암이 포효했다. 카메라에 잡힌 녀석은 자신의 등번호를 가리켰다.

31번.

친구이자 동료였던 로드웰이 쓰던 번호였다. 녀석의 은퇴를 안타까워하는 건 원지석만이 아니었던 거다.

"새끼, 누가 보면 죽은 줄 알겠다."

케빈은 그런 리암을 보며 수염을 긁적였다. 그 말에 원지석은 쓰게 웃었고 말이다.

"그러네요. 어제도 봤었고 말이죠."

선수 생활의 종지부를 찍은 로드웰은, 그 이후 놀랍게도 에이전트의 길을 걷기 시작했다. 생각보다 재능이 있었는지 빠르게 배우기 시작했으며, 이제는 친구인 리암의 에이전트가 되었다.

"애를 등쳐먹는 건 아닐까 싶었는데."

친구끼리 계약 관계가 되면 공과 사를 구분하지 못하는 경우가 종종 있었다.

다행히도 리암과 로드웰은 서로를 존중하는 쪽이었지만.

덕분에 최근 진행되고 있는 리암의 재계약에 관련해서 로드웰과 대화를 나누는 중인 첼시였다.

"뭐, 이상한 바람을 넣지 않는 것만으로 다행이니까요."

최근 포텐셜이 터졌다 해도 좋은 리암의 활약은 많은 관심을 끌었다.

물론 앤디와 킴이 은퇴한 그 빈자리를 혼자서 채우는 건 불가능에 가까웠지만, 현재 첼시의 중원이 돌아가는 건 전적으로 리암 덕분이라 봐도 좋았다.

때문에, 수많은 빅클럽들이 군침을 흘렸고.

에이전트로서는 수수료를 두둑히 챙기기 위해서라도 이적을 추진할 법한데, 그거에 관련해 잡음이 없는 것만으로 다행 아니겠는가.

'일어섰구나.'

원지석은 안도했다. 그 폐인 같은 몰골을 벗겨낸 것만으로 그는 걱정을 덜었다.

물론 로드웰에게도 그 부상이나, 은퇴까지의 시간은 큰 상처가 되었을 거다.

지금까지 그를 괴롭히는 환상통처럼 남았겠지.

그걸 이겨내는 건, 각자 나름의 방식이 있는 법이다.

"저 양반은 뭐야. 아는 사람이냐?"

"누구요?"

"저기, 널 뚫어지게 보는 놈."

케빈이 턱짓으로 가리킨 곳에는 한 남자가 있었다.

헨리 모건.

썩었다는 FA에서 개혁을 외치는 기린아.

그가 이곳에 있었다.

"뭐, 챔피언스리그 결승전에 잉글랜드 클럽이 올라왔으니 오지 않았을까요?"

"글쎄다. 어째 찝찝한걸."

"우선은 눈앞의 경기에 집중해요."

"뭘, 다 이기고 있는데."

그 말처럼 첼시는 상대 팀을 압도하고 있었다. 곧 휘슬이 울리는 대로, 그들은 또 한 번의 빅이어를 들게 된다. 아니, 영광스러운 트레블을 기록하게 되는 것이다.

─네에! 경기 끝납니다!
─또다시 빅이어를 드는, 트레블을 기록하는 첼시! 그리고 원지석 감독입니다!
─이 신화는 아직 멈추지 않는군요!

와아아!
열광하는 팬들 앞에서,
원지석은 그제야 웃을 수 있었다.

*   *   *

원지석이 은퇴하고 꽤 많은 시간이 흘렀다.
20년.
강산이 두 번은 바뀔 시간.
그동안 수많은 선수와 감독이 새로운 영광을 누리고, 또 사라졌다.
이러한 변화 속에서 UEFA는 현대 축구에 영향을 끼친 감독들을 발표했는데, 여기에선 익숙한 전설들을 찾아볼 수 있었다.
오르텐시오 베나벤티.

승리의 여신에게 사랑을 받은 파격적인 전술가.

이런 식으로 말이다.

확실히 오르텐시오의 행보를 보면 어울리는 말이기도 했다. 커리어 초창기엔 동전을 던지던 양반이니.

그리고.

맨 위에는 한 남자의 이름이 있었다.

원지석.

정복자.

가장 많은 트로피를 들어 올렸고, 가장 많은 명성을 쌓았으며, 푸른 제국의 황제라 불리기도 했다. 심지어 동양인이 무슨 감독이냐는 차별마저 정복한 감독이었다.

"······."

그 정복자 양반은 지금 뭘 하고 있었냐면, 신문을 보고 있었다.

신문에 적힌 내용이 퍽 마음에 들지 않았지만.

「[BBC] 푸른 제국의 몰락!」

「[스카이스포츠] 첼시, 힘든 잔류 싸움을 벌이다!」

그가 세운 제국이.

무너지고 있었다.

LAST ROUND

노인을 위한
그라운드는 없다

한 노인이 정원에 물을 주고 있었다.

웃는 모습에서 선한 인상이 느껴졌고, 곱게 늙었다는 말이 어울릴 법한 노인이었다.

원지석.

한때 세계 축구계를 호령했던 남자.

젊었을 때는 날카로운 인상으로 사람들을 주눅 들게 했지만, 지금 모습은 매우 부드러웠기에 그때를 기억하는 사람이라면 눈을 비빌 정도였다.

"할부지!"

"할아버지이이!"

멀리서 들려오는 소리에 원지석이 밸브를 잠갔다. 고개를 돌리니 작은 아이 두 명이 이쪽을 향해 달려오는 게 보였다.

"우리 꼬마들 왔구나."

미소를 지은 그가 달려오는 아이들을 안았다. 아장아장 기어 다니던 게 엊그제 같았는데, 볼 때마다 커지는 손주들이다.

그래, 손주들.

원지석의 손자와 손녀였다.

"애들도 참, 뭐가 그리 급한 건지……."

주차를 끝낸 엘리가 뒤늦게 들어와 한숨을 쉬었다. 당연하다면 당연하게도 이 두 아이는 엘리가 낳은 자식들이었다. 그것도 쌍둥이.

"사위는?"

"출근. 갑자기 급한 일이 터졌다면서 밥도 안 먹고 출근했어."

"후후."

원지석은 그런 엘리를 보며 웃었다. 아이들도 한창 힘이 넘치고 까불 시기이다 보니, 딸아이 부부 역시 초췌해진 모습이 되어 있었다.

좋을 시기였다.

"엄마는?"

"안에 있단다."

캐서린은 손주들이 온다는 소식에 아침 일찍부터 무언가를 만드는 중이었다.

슬쩍 봤을 땐 인형이나 장신구를 만들 준비물이었는데, 그녀는 아이들과 무언가를 만드는 시간을 좋아했다.

'사실 그럴 수밖에 없지만.'

원지석은 작년에 있었던 사건을 떠올렸다.

할아버지가 해주는 음식이 좋다는 아이들을 보고 자극을 받았는지, 그녀 또한 직접 요리를 한 적이 있었다.

결과는, 뭐…….

차마 맛없다고는 하지 못하고, 울먹이는 아이들을 보며 그녀는 어쩔 줄 몰랐고 말이다. 조손 모두에게 트라우마를 남겼던 사건이었다.

띵동.

그렇게 한가로이 시간을 보내던 중.

원지석은 초인종 소리에 눈을 껌뻑였다.

"사위가 왔나?"

생각보다 일이 빨리 끝난 모양이었다. 그는 그렇게 생각하며 인터폰 화면을 확인했지만, 거기에 있는 사람은 전혀 다른 사람이었다.

"킴?"

킴.

원지석의 옛 제자가 찾아왔다.

*　　　　　*　　　　　*

"갑자기 찾아와서 죄송합니다."

작은 정원이 꾸며진 테라스, 그곳에서 두 남자가 차를 마시고 있었다.

킴 역시 세월을 피해 갈 순 없었다. 주름이 깊어진 녀석은 머뭇거리며 먼저 사과를 건넸다.

"뭘. 그런데 그만큼 급한 일인 거니?"

원지석은 자신에게 온 연락을 확인했다. 잠깐 사이 부재중전화가 쌓여 있었다. 모두 킴에게서 온 거였는데, 녀석답지 않게 다급함이 전해졌다.

"네. 일분일초가 급한 상황이거든요."

"그래?"

"지금 첼시 상황을, 선생님도 알고 계시죠?"

"알지. 신나게 떠들어대니 모를 수가 없더군."

그는 순순히 고개를 끄덕였다.

방송이나 신문이나 첼시의 몰락만을 떠드니, 차마 모른 척을 할 수가 없던 것이다.

푸른 제국이 무너졌다.

그건 기자들이 가장 좋아하는 표현이었다.

원지석이 감독으로 있었던 영광의 시대가 지나고, 과도기를 겪으며, 점점 우승과 멀어지던 첼시는 끝내 과거의 영광을 되찾지 못했다.

사실 그 정도만 하더라도 굉장한 거였다.

부자는 망해도 삼 년을 먹고산다는데, 이 팀은 십 년을 넘게 떵떵거렸으니.

하지만 이젠 정말 급한 상황이 됐다.

"현 감독의 경질이 확정되었습니다."

킴은 담담히 첼시의 현 상황을 입에 담았다. 아직 내부 기자들도 알지 못하는 정보였다.

제국의 재건이라는 막대한 사명을 안고서 새로 선임된 감독은 1년을 채 버티지 못하고 목이 날아갔다.

녀석이 어떻게 이 사실을 알고 있냐면, 킴은 현재 구단의 보드진으로서 일하고 있기 때문이다.

"하아."

이런 내부 사항을 자신에게 말한다라.

원지석은 그 이유를 어렵지 않게 짐작할 수 있었다.

정말 위험한 상황이고, 그 위험한 상황을 돌파할 방법으로 자신을 택했다는 거니까.

"내가 축구계를 떠나고 한참이 지났구나."

완곡한 거절에 킴의 눈가에 어두운 그림자가 꼈다. 예상한 답변이지만, 그걸 알면서도 온 킴이었다.

"이제 저 그라운드는 나 같은 늙은이가 아닌, 더 젊고 어린 녀석들을 위한 곳이야."

"그렇지 않습니다!"

주먹을 꽉 쥔 킴이 소리쳤다.

원지석은 자신이 아는 가장 특별한 감독이었다. 이후에도 그런 특별함을 보여준 감독은 없었다. 굳이 지금 와서 부탁하는 것도 그런 이유여서였다.

이 남자라면 가능하다.

그런 굳건한 믿음이, 있기 때문이다.

잠깐의 침묵을 깬 것은 어린 목소리였다.

"할부지, 싸워?"

거실에서 테라스로 이어지는 문을 살짝 열고, 몸을 내민 아이들이 있었다.

두 아이는 쪼르르 달려와 원지석의 무릎까지 다가왔다.

"킴 아저씨랑 싸우는 거야?"

"싸운다니! 설마 그럴 리가 있겠니?"

"맞아! 아저씨들 중에 할아버지랑 싸워서 이길 사람은 없다고 앤디 아저씨가 그랬는걸!"

쓰게 웃은 원지석이 손주들의 머리를 쓰다듬었다.

이 아이들은 그의 감독 생활을 본 적이 없다. 그저 사람들의 호들갑만으로 접했을 뿐.

위대한 원지석.

그게 어떤 느낌인지, 얼마나 대단한 사람인지도 모른다.

뭐, 얼굴을 자주 보는 킴, 앤디, 제임스, 라이언 같은 녀석들도 그냥 아저씨일 뿐이니까.

"싸우지 마! 싸우면 떽!"

"하하. 물론이죠, 우리 꼬맹이들."

할 말을 끝낸 두 아이는 다시 할머니, 캐서린이 있는 거실을 향해 뛰었다.

멀어지는 두 꼬마를 멍하니 보던 킴은 이윽고 한숨을 쉬며 일어났다.

"가보겠습니다."

"벌써?"

"말했다시피, 일분일초가 아쉬우니까요. 아니면 생각이 바뀌셨나요?"

"······."

"그래서죠."

킴은 떠났다.

아직 식지 않은 찻잔을 만지던 원지석은 조용히 휴대폰을 꺼냈다.

―지금 거신 번호는, 없는 번호이므로······.

매정한 기계음에 조용히 통화를 끊었다.

한채희, 한때 가장 유명했던 에이전트.

그녀는 사라졌다.

비유가 아니라 사실이 그랬다.

더는 축구계에서 그녀를 볼 수 없었고, 집은 비워졌으며, 전화는 없는 번호라는 수신음만이 들렸을 뿐.

마치 허깨비처럼 사라진 한채희였다.

"나 혼자 정해야 하는 일인가."

거절 의사를 밝혔지만, 늙어서인지 작은 미련이 남은 기분이었다. 손가락으로 탁자를 툭툭 두드리던 시간이 이어지던 그때, 누군가 뒤에서 원지석을 끌어안았다.

부인인 캐서린이었다.

그녀 역시 할머니가 되었지만, 원지석에겐 여전히 그 누구보다 아름다운 여인이었다.

"무슨 고민 해요?"

"캐시."

"아이들은 엘리가 재우고 있어요. 그래서 무슨 일이길래 그렇게 심각해요?"

"그냥, 복귀 제안을 받아서요. 마음이 싱숭생숭하네요."

지금까지 감독으로 복귀하라는 제안을 받은 게 이번이 처음은 아니다.

수많은 팀에서 그에게 구애를 보냈다. 하지만 그는 점잖게, 때로는 단호하게 그 제의를 거절했다.

가장 큰 이유는 역시 건강이었다. 그의 몸은 이제 한계라는 걸 여지없이 깨달았으니까.

그동안 안정을 취하며 컨디션을 회복했다지만, 실전에 돌아간다면 어떤 상황이 닥칠지 알 수 없었다.

"괜찮지 않을까요? 남은 시즌만이라면."

캐서린은 그의 목덜미를 부드럽게 쓰다듬으며 말했다.

"차라리, 이 기회에 모든 걸 매듭지을 좋은 기회일지도 모르겠네요."

캐서린은 남편이 때때로 먼 곳을 바라보고 있다는 걸 눈치챘다. 또한, 그가 지휘봉을 내려놓을 때 얼마나 큰 결심을 했는지도 알고 있었다.

그렇기에.

그녀는 원지석에게 마지막 인사를 하라고 말할 수 있었다.

"…고마워요."

부인의 손등을 쓰다듬으며.

원지석은 조용히 답했다.

＊　　　　＊　　　　＊

「[BBC] 첼시, 마지막 카드를 꺼낸다!」

「[스카이스포츠] 강등 위기인 친정 팀을 위해 복귀를 천명한 원지석!」

「[타임즈] 구단의 운명을 건 도박!」

충격적인 소식이 들렸다.

첼시의 감독이 경질당한 것? 이건 별로 놀라운 일이 아니었다. 팀을 강등권으로 처박은 그의 경질은 그리 놀랍지 않았다.

하지만.

원지석.

다 망해가는 푸른 제국을 살리기 위해, 팀의 전설적인 감독이 복귀한 것이다.

그는 첼시를 푸른 제국으로 만든 장본인이었으며, 또한 잉글랜드에도 큰 족적을 남겼다. 삼 사자 군단의 유니폼을 입는다는 걸 다시 한번 명예롭게 만들었으니까.

하지만 이제 그는 스페셜 원이 아니다.

올드 원(Old One).

옛 존재.

그저 늙은 감독일 뿐.

―그래요. 확실히 그의 커리어는 아직도 깨지지 않은, 역대 최고의 감독입니다. 하지만요! 이제 와서 무얼 할 수 있겠습니까?

사람들의 반응은 회의적이었다.

그럴 만도 한 게, 그가 은퇴하고서 20년이 넘는 세월이 흘렀다.

강산이 두 번 바뀔 동안, 축구계의 트렌드는 몇 번이 바뀌었는지 셀 수가 없을 정도였다.

사람들의 걱정거리는 어찌 보면 당연했다. 이제 강등을 걱정해야 하는 팀이, 아직 정신을 차리지 못한 것처럼 보였기 때문이다.

―그래도 원지석이잖아요?

―맞아요. 저는 아직도 그때를 생생히 기억해요. 그가 보여줬던 기적을요.

무조건 반대만이 있지는 않았다.

지금 첼시 팬 중에는 영광의 푸른 제국 시절을 기억하는 사람들이 많았다.

그들 모두 어렸을 적 부모님의 손을 잡고, 원지석의 경기를 보며 자란 사람들이었다.

「[오피셜] 첼시로 돌아온 스페셜 원!」

그런 우려와 기대 속에서.

원지석의 복귀가 결정되었다.

그가 내건 조건은 두 가지였다.

계약기간은 남은 반시즌. 그리고 자신의 결정에는 간섭하지 말 것.

보드진은 두말하지 않으며 수용했고 말이다.

역시 강등을 눈앞에 겪고 있다면 사람은 다급해지는 법이다.

"반갑네, 젊은이들."

"……."

올드 원이 선수들에게 말했다.

녀석들의 눈은 패배에 찌들어 있었다. 긴 시간 이어져 온 팀의 부진, 사람들의 경멸, 그리고 이번에도 바뀌지 않는 패배가 그들의 정신을 좀먹었다.

"아니, 말을 고치지."

한숨을 쉰 그가 자신의 말을 정정했다.

"만나서 반갑군, 쓰레기들."

그 말에 발끈하려던 선수들이 숨을 삼켰다.

분명 부드럽게 웃고 있는데, 어깨를 짓누르는 위압감이 장난 아니었다.

"언제까지 그렇게 퍼져 있을 건가."

늙은 감독, 아니, 원지석은 선수들을 일깨웠다.

"우리에게 주어진 시간은 그리 많지 않아. 자네들이 지금까지 얼마나 깨졌는지, 어떻게 깨졌는지는 궁금하지도 않고. 우리의 순위가 시궁창에 처박힌 것 또한!"

그의 호통은 벼락이 치는 것처럼 쩌렁쩌렁 울렸다. 이제 그 말에 집중하지 않은 선수들이 없을 정도였다.

"챔피언스리그."

원지석은 별들의 전장을 입에 담았다.

잔류를 걱정해야 하는 입장에서 노망이 든 거 아니냐고 물을 수도 있겠지만.

이 늙은 황제에게 그런 건 신경 쓸 일이 아니었다.

"이번 시즌, 챔피언스리그에 가지 못한다면, 너희들은 그 유니폼을 입을 자격이 없다."

갈 길이 급하다.

낙오자는 버려질 뿐이다.

현재 순위는 18위.

그들이 챔피언스리그에 오르기 위해선, 남은 경기를 모두 이겨야만 했다.

*　　　　*　　　　*

「[BBC] 기적적인 대역전극!」
「[스카이스포츠] 승점 6점짜리 경기에서 승리를 차지한 첼시!」
「[타임즈] 첼시, 이제 챔피언스리그까지 단 한 걸음!」

모두가 불가능이라 말하던 상황이 일어났다.

늙은 황제가 다시 왕좌에 앉은 첼시는, 그전까지 연패를 당하던 팀이라는 게 믿기지 않을 정도로 분위기를 반전시켰다.

특히 다른 팀들이 부진에 빠지며 생긴 기회를 놓치지 않은 게 컸다.

「[미러] 더글라스, 원지석은 최고의 감독」
「[ESPN] 원지석을 칭송하는 첼시 선수들!」

이제 더는 원지석에게 의심의 눈길을 보내는 사람은 존재하지 않았다.

그건 첼시 선수들 역시 마찬가지였다. 첫 미팅 때만 하더라도 눈이 죽어 있던 그들은, 그 누구보다 승리에 굶주린 사냥개들이 되었다.

「[오피셜] 첼시, 챔피언스리그 진출 확정!」

결국, 설마설마하던 일이 현실로 이루어졌다.

무패를 달린 그들은 끝내 별들의 무대로 가는 티켓을 잡은 것이다.

「[BBC] 원지석, 첼시의 재계약 제의 거절」

팀을 성공적으로 살린 원지석은 약속대로 더 이상의 계약 없이 자리에서 물러난다는 뜻을 밝혔다. 모두가 그의 연임을 바랐지만, 그는 단호했다.

"남은 미련을 매듭지어야죠."

원지석이 매듭짓지 못한 단 하나의 미련.

그건 바로 은퇴식이었다.

그의 은퇴는 명예 훈장 수여식에서 갑작스레 던진 폭탄이었다.

하지만 이제는 다르다.

원지석의 인생에서 가장 큰 비중을 차지하는 첼시, 그리고 팬들에게 작별 인사를 할 기회가 생긴 거다.

—아, 대단히 많은 사람이 몰렸습니다.

—그렇군요. 이 큰 경기장이 꽉 찼어요.

뉴 스탬포드 브릿지.

이제 이 새로운 집에도 어느덧 정을 느끼는 사람들이 많아졌다.

그리고 그들은, 언제나 이곳에 서 있었던 이의 마지막을 위해 모였다.

"원! 원!"

"가지 말아요!"

사람들은 한 사람의 이름을 외쳤다.

그 부름에 이끌리듯, 원지석이 모습을 드러냈다.

"흠흠."

가볍게 목을 가다듬은 그가 마이크를 잡았다.

"처음 제가 이 자리에 설 때, 이만큼의 사람은 없었죠."

정식 감독이 아닌, 감독대행으로서 선임됐을 때.

이 자리엔 사진 기사 말고는 다른 사람을 찾아볼 수 없었다.

하지만 지금은 다르다.

수만 명이 가득 찬 이 경기장을 보며, 그는 눈시울을 붉혔다.

"이곳에서 참 많은 시간을 보냈습니다. 때로는 영광을 들어 올렸고, 때로는 쓴잔을 비우기도 했죠. 저에겐 모두 더없이 소중한 경험이었습니다."

승리, 패배, 우승, 탈락.

이곳은 모든 것을 경험한 장소였다.

그리고, 이 모든 건 여기에 있는 사람들이 아니었다면 불가능했다.

"시작과 끝을 여기서 매듭지을 수 있어서 다행입니다. 죽기 전에 이런 기회를 얻어서 다행입니다. 여러분을 만나서, 다행이었습니다."

노인은 마지막 작별 인사를 건네려 했지만, 차마 입이 떨어지지 않았다.

그때.

원! 원!

원! 원! 원!

스페셜 원!

자신을 부르는 그 말에, 원지석은 그제야 입을 뗄 수 있었다.

"지금까지 원지석이었습니다."

감사합니다.

『스페셜 원: 가장 특별한 감독』完.